Mujer invisible

Mujer invisible

Intriga y violencia de género

Blanca Mercado

Título de la obra: *Mujer invisible. Intriga y violencia de género*

COORDINACIÓN EDITORIAL: Gilda Moreno Manzur
DIAGRAMACIÓN: Ivette Ordóñez P.
PORTADA: Victor Santos Gally

 Este libro nos entrega los casos de 12 mujeres reunidas en un laboratorio vivencial sobre emociones. ¿El objetivo? Investigar qué hay detrás de la violencia familiar y cómo ésta se origina. Estas mujeres, que son como tú o como yo, como tu hermana o tu madre, nos regalan fragmentos de su vida con el único fin de que al identificarnos tomemos conciencia de la gravedad de este problema, tan añejo y a la vez tan actual.

Índice

Introducción ix

1. ¿Quién soy? 1

2. ¿Soy real? 13

3. El maltrato deja huella 25

4. ¿Estoy sufriendo maltrato? 41

5. ¿Cómo aprende una mujer a renunciar
   a sí misma? 65

6. Zona de atención 79

7. Sí hay esperanza 95

8. Eso nunca ocurrió 109

9. ¡Ya basta! 117

10. La cosificación de la mujer 125

11. Desórdenes afectivos en la mujer 131

12. ¿Por qué no lo vemos si es tan evidente? ... 141

13. ¿Sabes cómo vas a morir? 145

14. La autoestima, la joya perdida 151

15. ¡Todos a bordo! 163

16. ¡No hay recetas! 169

17. ¿Conoces a tu enemigo? 185

18. Conociendo mi yo repudiado 195

¿Éste es el final o el principio? 202

Dedico este libro con mucho amor en primer
lugar a Dios, quien va conmigo siempre.

A mis abuelos, padres, hijos, hermanos y futuros nietos.

A las mujeres más importantes de mi vida:
Estela, Mariana, Dalila y Cristina.
A mis amigas Gina, Elia, Lorena, Paty y Sandra.

A mi editora Gilda, por su paciencia y apoyo
al interpretar mi sueño.

A todas las mujeres que han pasado por mi vida
y que me han acompañado hoy y siempre.

A ti, Gerardo Gally Thomforde, que te arriesgaste
a darle vida al personaje de esta novela y, con ello, a
darle voz y espacio a las mujeres que desean dejar
atrás un rol de víctima.

Gracias, gracias, gracias...

Introducción

Con su actitud ante la vida una mujer refleja su propia historia y la historia de las mujeres que han influido en su dinámica personal.

En el devenir de la humanidad ha habido mujeres reconocidas, guerreras, escritoras, filósofas y científicas. Pero ¿cuántas han sido felices? Aquí ya no aparecen tantas.

Ésta es una historia que quiero compartir contigo. Es la historia de una mujer como tú y como yo.

Es la historia de Estela, una mujer contemporánea que nace en una familia tradicional de la clase media en la que ser mujer no es precisamente una ventaja.

Estela es tan atrevida como conservadora. Es una mujer que lucha y se entrega. Que se conmueve ante el dolor de otras mujeres y a la vez se muestra ausente ante su propia agonía.

¡Cuán hermosa, grande y liberadora es la experiencia de una mujer que aprende a verse como un ser independiente! Que se toma muy en serio a sí misma y busca comprenderse cada día para volverse una mejor persona. Que sabe que una mujer que se mira con claridad puede abrirse al amor sin riesgo alguno. Que es y ha sido parte viva de las mujeres que viven en el laberinto de una soledad dolida.

Pero también hay mujeres que se sienten mal por autocalificarse como abnegadas, abandonadas, arrastradas, malqueridas, decepcionadas y muy jodidas.

Qué nos dicen los refranes

El tema me apasiona, por lo que me dediqué a investigarlo y un fruto de ese trabajo fue dar con una serie de refranes mexicanos que nos muestran cómo se forma este concepto femenino:

- "El amor de la mujer en la ropa del marido se deja ver."
- "La que a su marido quiere servir, ni puede ni quiere dormir."
- "La mujer y el sartén en la cocina están bien."
- "La mujer en casa, pelada y descalza."
- "La mujer buena es perla y oro… ¿Pero dónde se encuentra ese tesoro?"
- "Si te echa por la puerta, métete por la ventana."
- "La mujer buena es anhelada como tesoro."
- "La mujer obediente es la que vale."
- "La mujer hacendosa pone la corona a su marido."
- "Mujer hermosa y con talento es puro cuento."
- "La mujer bella en exceso, mucho sexo y poco seso."
- "Mujer hermosa, loca o presuntuosa."
- "La belleza y la tontería siempre se hacen compañía."
- "No te fíes de mujer que hable como hombre."
- "Mujer, fraile, rey y gato son cuatro ingratos."
- "Los que tienen mujer, muchos ojos han de menester."
- "El caballo y la mujer al ojo se han de tener."

- "Mujer que va a fiestas pone cuernos en la testa."
- "Mujer y ave poner saben; las aves ponen huevos, la mujer cuernos."
- "El marido celoso no tiene reposo."
- "Dios te dé marido rico y mejor si es borrico."
- "Al marido temerle, quererle y obedecerle."
- "¿Quieres tener un marido contento? Ponle la mesa a tiempo."
- "Cuando el marido no merece llevar calzones... la mujer se los pone."
- "Cuando la mujer manda en casa, el marido es calabaza."

¿De qué tipo de mujer nos hablan estos refranes? De una mujer abnegada, madre triste y sumisa, quejumbrosa y llorona. Que se niega a sí misma. Que da lo mejor de su ser a los suyos. La que encontramos día a día en las telenovelas. Tan dependiente del hombre que se le puede maltratar en todo sentido.

El papel de la ONU

Es incre íble pero debo recordarte que fue apenas el 20 de diciembre de 1993 cuando la Organización de las Naciones Unidas aprobó la Declaración sobre la Eliminación de la Violencia contra la Mujer. En ella se reconoció la urgente necesidad de una aplicación universal a la mujer de los derechos a la igualdad, seguridad, libertad, integridad y dignidad de los seres humanos. Además, reconoció que la violencia y el maltrato contra la mujer constituyen una manfestación de relaciones de poder históricamente desiguales entre el hombre y la mujer.

El Artículo 2 del documento dice:

Se entenderá por violencia contra la mujer los siguientes actos:

a) La violencia física, sexual y psicológica que se produzca en la familia, incluidos los malos tratos, el abuso sexual de las niñas en el hogar…, la violación por el marido, la mutilación genital femenina, y otras prácticas tradicionales nocivas para la mujer…

b) La violencia física, sexual y psicológica perpetrada… inclusive la violación, el abuso sexual, el acoso y la intimidación…

c) La violencia física, sexual y psicológica perpetrada o tolerada por el Estado…

Sin embargo, aún ahora se trata como un problema individual y no social. Y definitivamente no es así.

El caso de Martha Alicia

Le tengo mucho miedo a Luis. Las peleas son cada vez más frecuentes. Me insulta, me controla. Tengo que pedir permiso para todo. Sé que tengo que obedecerle y él me lo recuerda constantemente. Tengo que someterme a su autoridad. Estoy confundida. Me parece que muchas veces las mujeres aceptamos la violencia de manera natural.

El abuso y el amor

El caso de Martha Alicia es el reflejo del abuso al que se ha sometido a la mujer. No es de sorprendernos, pues una mujer sumisa cumple veladamente con una serie de reglas que la definen, como las siguientes:

- Autoconvertirse en un apéndice de un hombre.
- Mendigar amor y sufrir en vano.
- Mutilar su sexualidad y acallar su insatisfacción sexual.
- Buscar obsesivamente seguridad y afecto dejando atrás su responsabilidad de cuidarse a sí misma.
- Preguntarse cada día ¿cómo sobreponerme al temor y a la tensión de no sentirme amada?

Lo que ignora es que una mujer segura de sí misma no tiene temor de no ser amada. Ante todo sabe que Dios la ama incondicionalmente.

La famosa Coco Chanel dijo "No te transformes en una cazadora de hombres. Porque si lo cazaste deja de ser un hombre para transformarse en un zorro y el día de mañana se escapará".

En nuestro interior poseemos la sabiduría necesaria para elegir pareja sin necesidad de preguntar ¿qué te parece? ¿Crees que me ame?

Usa tu sabiduría. ¿Crees que mereces una pareja sana? Pues sé fiel a ti misma. Procura que tu vida sea apasionante para ti, sin importar si lo es para los demás. Sé una mujer apasionada, estés sola o con pareja. Recuerda: eres la protagonista de tu vida. Dentro de ti hay pasión, empuje y fuerza que Dios te dio al nacer. Sigue caminando, con o sin compañía. Sana lo que tengas que sanar. Respétate, ámate.

¿A quién le entregas tu vida? ¿A un hombre? ¿En qué manos la has dejado? ¡Recupérala! Hay mucho amor que aún no has disfrutado. Es tiempo de soltar el pasado. Lo nuevo está por venir sólo si te deshaces de lo viejo. Nunca renuncies al amor. Mereces ser AMADA, con mayúsculas. Sé capaz de decir: "Yo sé que merezco amor, merezco ser amada, no recibo migajas, merezco amor".

El secreto para ser amada

Este profundo deseo de ser amada y aceptada viene de nuestra historia de vida y tiene su origen en la niñez. Muchas mujeres, cuando niñas, buscamos el reconocimiento de nuestros padres, lo cual nos lleva a hacer lo que sea por llamar la atención.

Son nuestros bloqueos personales los que nos hunden en un pozo de miedos, dudas, deseos, frustración y rabia, ansiedad, fobia, decepción, victimismo y culpa. Aquí veremos cómo dejarlos ir.

Toma unos minutos de tu día, respira, visualiza a la niña que un día fuiste: ¿cuáles son sus miedos, qué necesita, qué te pide, por qué se siente culpable, qué es lo que no le dieron sus padres? Abre tu corazón infantil. Escúchate. Saca de tus entrañas tu enfado y tómate tu tiempo para asimilar y perdonarte, perdonando también a quienes te han hecho daño. Corrige tus carencias. Cuéntale a tu pequeña que nadie puede abandonarte, entrégate amor, abrazos, besos, comprensión. Escucha la voz de tu interior. Siente todo lo que tu corazón quiere transmitirte. Toma en cuenta que sólo tú puedes ayudarte.

Atrévete a ser feliz y procura que ello dependa de ti.

Valórate

Muchas veces olvidamos que si nosotras no nos respetamos, nadie más lo hará. La mujer que se subestima elige parejas egoístas que la maltratan. La mujer sufrida se siente obligada a someterse y a aceptar toda clase de humillaciones.

Las estadísticas respecto a la falta de valoración hacia la mujer son escalofriantes:

- Según investigaciones de la UNICEF, en América Latina, de 25 a 50 % de las mujeres son víctimas de maltrato por parte de su pareja.

- Se calcula que a nivel mundial 37 % de las mujeres han padecido una experiencia de abuso antes de llegar a los 21 años.

- De 45 a 60 % de los homicidios contra las mujeres se realizan dentro de la casa y la mayoría son cometidos por su pareja.

- La violencia es la principal causa de muerte de las mujeres entre 15 y 44 años de edad, cifra más alta que el cáncer de mama y los accidentes.

- La Comisión de las Naciones Unidas señala que por lo menos una de cada tres mujeres y niñas ha sido agredida o abusada sexualmente en su vida.

- Cada 15 segundos una mujer ha sido agredida. En México, cada seis horas muere una mujer asesinada.

- En el mundo alrededor de 140 millones de niñas y mujeres han sufrido mutilaciones genitales.

Todo esto es producto de un dominio machista, relacionado con la sumisión de la mujer sufrida.

En lugar de aprender lo que le conviene, la mujer sumisa se siente culpable cuando le sucede algo grato. Arrastra una profunda inseguridad y una dependencia neurótica que le dificulta y a veces le hace imposible separarse de la persona que la violenta… Con su actitud dice a gritos: "Pégame, castígame, ten otras mujeres, pero no te vayas, no me dejes, no puedo vivir sola".

No se da cuenta de lo valiosa que es. No sabe qué hacer sin un hombre cerca, aunque sea violento, machista, alcohólico, golpeador, sea éste el padre, el hermano, la pareja, el hijo. Se esfuerza por convertirse en lo que el otro quiere con el fin de escapar del castigo y la censura.

Intenta un cambio:

1. Exige respeto
2. Arriésgate
3. Sé fuerte
4. Crea tus reglas
5. Convierte tus errores en lecciones
6. Apasiónate con tu vida
7. Ámate y confía en ti
8. Busca las respuestas en ti

Tu amiga y cómplice
Blanca Mercado

ADVERTENCIA

Antes de leer esta obra quiero que estés consciente de la violencia ejercida contra la mujer en México. Esto justifica la elección de este fenómeno como objeto de estudio.

Según la Organización Mundial de la Salud, la violencia contra la mujer en la familia es la primera causa de muerte en mujeres, **por encima del cáncer.**

La mayoría de las mujeres maltratadas sufre en silencio lesiones físicas y emocionales extremas.

En la actualidad los medios de comunicación juegan un importante papel en la formación de conciencia.
Estela es el personaje que inspira este libro. Estela eres tú y soy yo. Estela es nuestra hija, madre, hermana. Estela es sólo un nombre, cuyo significado es "señal que se deja". Descubre, como ella, las consecuencias de sufrir violencia y guardar silencio.

¡Ya basta!

Capítulo 1

¿Quién soy?

"Bendito sea el mal, que a los nueve meses se ha de quitar."

"Y nací mujer…"

Pocas cosas son tan parecidas a la muerte como el nacimiento de un nuevo ser. En ambos momentos no hay lugar para las palabras. Es una amalgama de placer y dolor. Es una extraña paradoja hecha laberinto.

Y así comienza mi historia:

—¡Que sea niño!… ¡Que sea niño! —gritaba la mujer aun pariendo.

A pesar del intenso dolor que atravesaba sus caderas, no perdía la esperanza de complacer a su esposo dándole un varón. Su boca se movía por sí sola de un lado a otro, mezcla de dolor y desesperación, pues se había atrevido a dar a luz sin gota de anestesia.

Lolita siempre disfrutó con sentirse poderosa viendo el rostro desencajado de su hombre, paralizado de miedo ante la escena de un parto. Benjamín miraba a su hembra en la labor y, con un gesto entre placentero y preocupado, podía verla tal como era, sin corazas inventadas.

Benjamín miró su reloj. Eran las 4:30 de la tarde y por lo general a esa hora todavía debería estar trabajando.

—¿Falta mucho? —preguntó desesperado.

¡Como si el proceso pudiera adelantarse al gusto del señor! Total, sólo era cuestión de traer a un hijo más al mundo. Y en eso don Benjamín era experto.

—¡No quiere nacer! —decía Pachita, la partera de mi madre, una mujer pequeñita y regordeta, cuyo aspecto grotesco dejaba mucho que desear en eso de acompañar idealmente a un pequeño en su nacimiento.

Sus manos eran muy grandes y bastante sucias, las mismas que le habían dado tanto poder al portar a los recién nacidos.

—¡Se resiste el condenado chiquillo! —exclamaba la comadrona, empapada en sudor.

A manera de respuesta, mi corazón se aceleraba temeroso. No imaginaba lo que me esperaba, sólo sé que no quería salir. Ni modo, no hay camino de regreso. Me detuve un poco frente a la luz, cerrando mis puños hasta que por fin solté, y ya sin fuerzas, abrí los ojos. Eran las 6 de la tarde de un 5 de octubre cuando di mi primer grito anunciando que estaba viva.

—Otra niña, ni modo… ¿Qué se le va a hacer? —declaró oficialmente la partera.

Mi madre, cansada, le pedía a la mujer que se diera prisa ya que tenía que regresar a su casa donde la esperaban sus otras cinco hijas. Lolita sería siempre así, acelerada e imprudente a la vez. Su marido don Benjamín la miraba con admiración, exclamando a todo pulmón:

—¡Qué mujer tan valiente tengo! —hinchado de orgullo al decirlo—. No te preocupes, vieja… A la próxima me darás un varón.

Lolita estaba agradecida por el buen corazón de su marido, quien hasta ahora no le había reclamado que sólo hembras le había dado al pobre hombre. Y eso que había tomado el té de orégano con canela que le recomendaron y hasta se puso cataplasmas frías en el vientre para que se formara un hombrecito, sin olvidar que pasó nueve meses con un listón azul amarrado a su cintura. Pero ¡ni hablar! Otra niña…

Así es como llegué a mi casa, una finca sencilla de adobe viejo con olor a humedad, muros altos y grietas por todas partes. Donde cinco hermanas inquietas y rebeldes renegaban de hambre. A la mayor de ellas, con tan sólo seis años recién cumplidos, sinceramente no le hacía ninguna gracia el que un nuevo bodoque invadiera su casa. La inocente sabía la letanía que repetía su madre de memoria cada vez que podía:

—Cuida a tus hermanas, tú eres la mayor y eres el ejemplo a seguir.

"Maldita sea", pensaba Celia, "esto de ser la mayor es un infierno", y sus hermanas seguramente opinaban lo mismo, pero se cuidaban de no decirlo.

—¡Sagrado corazón de Jesús! —dijo mi abuela Mariquita, con voz chillona y sin gracia.

—¡En vos confío! —contestó la familia completa en sintonía total, con mucho miedo de arruinar la oración de la anciana, quien al mismo tiempo me dio la bendición exclamando mi sentencia.

—Otra mujer. Sólo vienen a sufrir a este mundo —comentó con gran desgano, como si no fuera bastante lo que hasta ahora yo había escuchado.

—Pues sí —repuso mi madre, abrazándome—. Ya sabes cómo es esto.

Intentaba consolarme pues yo, desesperada, buscaba instintivamente su pecho para alimentarme.

—¿Qué se le va a hacer? —(*suspirando*)—. Así lo dispuso Dios nuestro Señor —terminó su comentario con notorio gesto de fastidio.

Y así lo siguió disponiendo hasta que a mis cinco años yo ya era hermana mayor de otras cuatro nuevas pequeñas. Y para ese momento ya estaba acostumbrada a las tradicionales peleas a la hora de cenar, cuando todos discutían por quedarse con una pieza de pan completa. No es que fuéramos pobres, pero en casa no era común que abundara la comida. Reconociendo fácilmente la angustia de mis padres cuando los teníamos enfrente a la hora de cenar, estábamos entrenadas para eso y esa angustia invitaba a más de alguna de sus hijas mayores a renunciar. Sí, nos negábamos a cenar como muestra de ternura para las hermanas pequeñas, con la clásica frase "Hoy no tengo hambre, mamá".

¿Que cómo era yo? Siempre fui diferente de mis hermanas. Era extremadamente sensible y necesitaba mucho afecto, y a esta muy corta edad ya había aprendido el precio para recibirlo. Tendría que ser una "niña buena", bien portada, atenta, obediente, gentil, obediente, comprensiva, limpia y obediente. Sí. Sabía muy bien cuál era el juego de mi vida. Cuanto más obediente, mejor niña era.

Tan sólo una semana después del nacimiento de mi novena hermana, a la cual llamaron Luz Elba, cumplí mis seis años. Pero con el alboroto de la nueva bebé, mis padres se olvidaron de mi cumpleaños. Decidí no comentar nada por temor a la respuesta. Decidí esperar y esperar, pues la mayor de mis hermanas me dijo que me tenían una gran fiesta y que era una sorpresa que comenzaría hasta la tarde–noche.

Así que me puse mi mejor vestido y pasé todo el día muy ansiosa, esperando mi gran festejo. Eran ya las tres de la tarde cuando mejor opté por salir a jugar a la calle, pensando que así seguramente pasaría más rápido el tiempo. Fue entonces cuando conocí a un niño del vecindario llamado Moisés, un mocoso harapiento y divertido que me invitó a jugar por primera vez algo que él llamó "encantados". Me explicó con dificultades que sólo tendría que correr y no dejarme alcanzar por él. Moy era mucho más rápido y de tan sólo un tirón tomó mi mano justo en el instante en que mi padre llegaba de su peluquería y pudo ver la escena, claro… a su manera. En tan sólo dos pasos llegó hasta donde yo estaba y, tomándome de los hombros, me zarandeó, jaló de mis cabellos ahora poco peinados y me propinó una tremenda bofetada. El impacto botó los dos dientes de leche que aún quedaban al frente de mi boca.

Vi mi vestido blanco de tergal manchado de sangre, a mi madre Lolita corriendo asustada a calmar a su furioso marido y a mis hermanas, mismas que desaparecieron de la escena fingiendo irse a dormir para que no les tocara nada del pleito como consecuencia.

—¿Por qué no cuidas a tus hijas? —gritó don Benjamín y argumentó—. Se estaba manoseando con un hombre en plena calle.

—¿Con un hombre? —replicó Lolita—. Es Moy, el vecino, y tiene sólo cinco años.

Moy se escondió debajo de una camioneta a unos metros de la escena, tiritando de miedo. Yo no comprendía qué es lo que había hecho tan mal. Mi madre, ignorando lo que yo sentía en ese momento, apenas atinó a arrastrarme al cuarto donde dormía con mis nueve hermanas, apiladas todas en una cama matrimonial. Algunas en la cabecera y otras a los pies. Esa noche, era tanto mi asombro que no pude soltar una sola lágrima. Mi madre me cambió la ropa, sin importar si me lastimaba al hacerlo.

Mientras tanto, mi hermana Celina gritó a muy corta distancia:

—¡Por presumida! ¿Querías una fiesta de cumpleaños? Ahí tienes tu fiesta —fue entonces que Lolita recordó la fecha, me abrazó y con voz suave trató de explicarme lo que me había ocurrido.

—Estela, escúchame: nunca juegues con hombres, es muy peligroso.

—¿Por qué? —pregunté con sincera curiosidad.

—¡Porque sí! No preguntes más —contestó Lolita con una mueca de enfado.

Mi madre me dio un beso y me prometió que al día siguiente me haría una torta de jamón como regalo de cumpleaños para mí sola, algo que por cierto nunca cumplió.

La verdad es que no entendí nada de lo que me pasó esa noche. Pero sí aprendí algo nuevo: no es bueno celebrar y esperar sorpresas agradables de esta vida.

Por supuesto, ya no quería ni salir a jugar con los niños en la calle. Me cuidaba de no hacerlo tampoco en la escuela, donde siempre me esforzaba por sacar las mejores calificaciones tratando de ganarme la complacencia de mis padres. Ellos siempre me presumían delante de cualquier persona conocida o desconocida "Estela es una niña obediente y buena". Es más, hasta la fecha siento que no he podido superar esas dichosas etiquetas.

Una noche, mientras intentaba dormir como sardina apretada en la vieja cama compartida con mis hermanas, comencé a pensar que ser una niña obediente nada bueno me había traído. Pero no sabía ni me atrevía a hacerlo de forma diferente. Tal vez esa sea mi misión de vida: "Ser o parecer ser buena". En qué situación tan jodida me encontraba. Esto de ser mujer era parecido a pretender ser un ángel. Hubiera preferido ser hombre.

Una de esas mañanas en que lograba llegar temprano después de levantar a mis hermanas menores, mi maestra nos dio una gran noticia: iríamos en grupo a una exposición en el museo principal. La aventura que ya imaginaba era increíble. Y como era la mejor alumna del salón, caminaría al lado de mi maestra Rosita. Podía ver claramente el rostro de admiración y envidia de mis compañeros de clase. Era justo lo que necesitaba para sentirme importante.

Llegué a casa feliz y lo comenté con orgullo a mi atareada madre, quien, sin mirarme, se limitó a contestarme:

—¡Perfecto, mañana no irás a la escuela! Te quedarás a ayudarme. A tu padre no le gusta que sus hijas anden en la calle. Hay mucho que hacer en esta casa. Gracias por avisarme. Yo iré a hablar con tu maestra.

Después se acercó y me dijo al oído:

—Estoy segura de que no querías ir. A ti no te gustan esas cosas. ¿No es cierto?

Asentí con la cabeza aunque era mentira. Lo que más deseaba era asistir a mi evento, pero una extraña sensación de esforzarme por complacer a mi madre me atrapó desde ese día. Ni siquiera sé si me molestó que destruyera mi sueño tan fácilmente. Tal vez en verdad no sabía lo que deseaba. Tal vez en realidad esa extraña cosquillita en mi estómago no era que estaba emocionada. Me sentía confundida por haber hecho lo correcto: darle gusto a mi madre renunciando a mis deseos, sin decir una sola palabra.

> *¡Qué cosa! ¡No tengo pies!, observé al retirarme mis zapatos viejos y mis calcetas rotas. ¡Sólo tengo piernas, mis pies se han vuelto invisibles!*

Pensé en hablar con mi madre y preferí no hacerlo. Sería mi secreto. Después de todo, ya no era tan malo: sencillamente ya no tendría que preocuparme de a dónde quería ir. Sólo iría a aquellos lugares que mis amados padres me marcaran como correctos.

La soledad se cura con el silencio

Con el tiempo llegué a amar los domingos en que toda la familia salía de casa y yo me quedaba olvidada. Eran tantas hijas que siempre encontraba alguna estrategia para poder pasar alguna tarde sola. ¡Me encantaba el silencio!

Después de convivir con mis hermanos toda la semana, lo mejor era quedarme en el patio de la casona rodeada de árboles frutales y en el cuarto de tiliches al final de éste; ahí había varias cajas de libros y cuadernos con apuntes. Podía pasar horas contemplando todo el material con entusiasmo. Me gustaba mucho leer ese cúmulo de letras viejas. Según contaban, estos tesoros fueron heredados a mi madre y ahora yo los disfrutaba al máximo.

En mi soledad imaginaba un mundo diferente. Soñaba con los ojos abiertos que tomaba clases de baile y que, como a mis compañeras, me llevaba mi mamá. Soñaba con tener una fiesta de cumpleaños con piñatas, con pláticas largas con mi madre y hasta una palabra amable de mi padre. Algo que también amaba era jugar en la casa de campo de mi abuela Mariquita.

En una ocasión pude ver cómo el vecino cortaba manzanas de su huerta y ponía a la venta bolsas con docenas de la exquisita fruta. Un fin de semana no pude evitarlo y tomé a escondidas una bolsa del fruto prohibido. Las devoré totalmente, hasta que mi estómago se inflamó de placer. Sólo entonces cobré conciencia de que había robado. Fue tanta mi culpa que me acerqué a un árbol y grabé una señal indicando mi deuda moral. Volvería en cuanto tuviera dinero a pagar a don Evangelino la bolsa de manzanas. Tres meses después hice lo mismo. Y así 15 veces más. Sin ser descubierta.

Años después, ya con mi primer trabajo como maestra, regresé a pagar mi deuda y grande fue mi sorpresa cuando don Evangelino me dijo que desde la primera vez se había dado cuenta. Tratando de corregirme, acudió con mi padre a acusarme, pero sorpresivamente él le pidió que nunca me dijera nada. Pagaría cada bolsa de manzanas que comiera su hija. ¡Qué extraña sensación me invadió! Tal vez fue esa la forma más hermosa que don Benjamín tuvo para decirme cuánto me amaba a su manera. Aun así, por temor jamás me acerqué a él para decirle simplemente… ¡gracias!

Vivía en mi imaginación a lo grande. Miraba la vida y me cobijaba con mis sueños. No sabía a dónde iba y tampoco me importaba, creaba situaciones que me mantenían aislada y evitaban que la soledad me hiciera sentir en una especie de arena movediza a cada paso que daba.

El resurgir de lo femenino

No fui una niña traviesa, ni mimada por mis padres. En mis primeros años de vida aprendí a exagerar mis miedos: no corría, ni saltaba, sólo veía jugar a otros niños en la calle. Descubrí que cuanto más apacible, dependiente y obediente fuera, todo era mucho mejor para mí. Nunca me sentí libre, pero tampoco me hacía falta serlo. Aprendí a no expresar lo que sentía. Renuncié a poner mis necesidades en primer lugar y así decidir no me generaba culpa alguna.

Gozo, disfrute, placer, descanso, no eran palabras que fueran parte de mi vocabulario pues quería a toda costa ser apreciada. Fue entonces cuando se instaló en mí esa sensación de incomprensión que logré apaciguar cooperando siempre. Después de todo, "No es fácil ser feliz siendo mujer".

Dinámica personal

Plantéate las siguientes preguntas:

* ¿Has pensado en el daño que haces a tus hijas sin darte cuenta de cuándo te obsesionas en la perfección?
* ¿Sabías que las personas víctimas de abuso se anestesian ante el dolor?
* ¿Cómo se forma una mujer víctima de la violencia?
* ¿Qué tipo de familias son semilleros de mujeres sumisas?
* ¿Qué hace que una mujer no se permita disfrutar?
* ¿Cómo aprende la mujer a ser tan obediente?
* ¿Cómo se forma una mujer sumisa?

Reflexiona en lo siguiente:

Una mujer se vuelve víctima paso a paso.

Para formar exitosamente una víctima de la violencia intrafamiliar, antes que nada debe haber una familia disfuncional en la que a) la madre sea dependiente de su pareja, b) el hombre sea narcisista, egoísta, y desee ser complacido de forma permanente por la esposa, c) la mujer se someta a su compañero, negando sus necesidades.

Todo ello provocará desequilibrio emocional. La mujer, más que amar a su pareja, lo necesitará. Jamás pensará en dejarlo o poner límites pues considera la soledad como castigo de Dios. Para depender emocionalmente de él se requiere idealizar al hombre y esta dependencia de la madre tiene su origen en una historia de carencias afectivas.

Todo lo anterior lleva a la mujer a buscar su satisfacción emocional en su entorno.

Concluye:

¿Cuáles son tus conclusiones?

_____

_____

_____

¿Qué aprendes de esta dinámica?

_____

_____

_____

Capítulo 2

¿Soy real?

"Al son que me toquen bailo"

Una tarde observaba el horizonte por la ventana de mi vieja casa y, cansada de soñar, decidí alejarme de la misma. Tras de mí, la sombra de la tarde me acompañaba. Miré a mi alrededor y de pronto se me ocurrió que tal vez podría aprender a bailar ¡yo sola! Así que encendí la radio de mi madre que estaba sobre el viejo buró y busqué una estación donde transmitieran música adecuada para mi danza. Fue tanta mi emoción, que decidí ponerme un vestido de fiesta de mi madre. Sabía dónde guardaba la ropa de gala. Era una caja grande metida bajo la cama de mis padres. Los vestidos estaban llenos de polvo, pero yo estaba tan divertida que no pensé en ello. De todas maneras, ni siquiera me habría importado de haberlo hecho.

Todo era perfecto. Mi familia había salido de casa y era excepcional que la habitación estuviera sólo para mí. Así que, una vez vestida, comencé a bailar. Me sentía en otro mundo escuchando la mágica melodía cuando las carcajadas de burla de mis padres y hermanas (que llegaron de sorpresa) resonaron en mis oídos. Apenada, salí corriendo de la habitación y me encerré en el baño llorando inconsolablemente.

Blanca Mercado

Fueron semanas de burlas constantes. Me sentí tan torpe y avergonzada que me prometí jamás volver a intentarlo.

> *¡Ya no tengo piernas! Igual que mis pies años atrás, mis piernas se han vuelto invisibles. Después de todo, esto es una ventaja: ya no tendré que preocuparme por bailar o correr, o cualquier tontería similar. ¡Ha pasado tanto tiempo desde esa experiencia y hasta ahora no recuerdo haber disfrutado tanto bailar!*

Al cepillar mis dientes pensaba que me sentía cada vez más conforme con mi adoptado y permanente estado de obediencia. Frente al espejo, me miraba en silencio. Alguna vez mi pelo alborotado caía sobre mi cara. Y por un momento me sentía tan hermosa. Pero sólo por cortos momentos. El resto del tiempo tenía que volver a mi realidad, en la que podía sentir que mi alma se impregnaba de dolor y sufrimiento. Observaba atenta cómo iba pasando del cielo al infierno en la gran aventura de ser una mujer.

Quería mantenerme quieta, pero mi espíritu jugaba con el aire. Y, aunque mis pies y mis piernas eran invisibles, podía sentirlos perdiendo momento a momento el equilibrio al dar cada paso.

> *—Déjame vivir mi vida —dijo suplicante la imagen del espejo.*
> *—Disculpa, ¿qué ocurre? —la imagen parecía atrapada.*
> *—Por favor, déjame vivir mi vida.*

Cerré los ojos unos instantes, pretendiendo no haber escuchado nada. Salí de la habitación en silencio.

La temida adolescencia

Así pasaron los años y llegué a la adolescencia. Una mañana, asustada, descubrí que de mi vagina salía sangre.

—¿Es grave? —le pregunté a Celina, mi hermana, quien me tomó del brazo y me llevó al baño.

—Límpiate, cochina, y no le digas a nadie. Eso te pasa por ser mujer y lo peor es que en cualquier momento quedarás embarazada si dejas que un hombre se te acerque.

Pensé y juré por Dios que jamás dejaría que un hombre se me acercara. Sola averigüé cómo salir del problema y mantenerme limpia. Fue sólo unos días y el malestar por fin pasó. Pero cada mes se volvía a presentar y decidí aceptarlo como algo normal.

Mi cuerpo comenzaba a transformarse. Deseaba intensamente jamás volverme mujer. Intuía que serlo significaba tener que involucrarme con un hombre. Y era lo que menos deseaba. Sentía que mis pechos crecían y hacía todo lo posible por ocultarlos. Confundida, veía los cambios en mi cuerpo y le rogaba a Dios que mi cuerpo se detuviera: "Por lo que más quieras, que no se desarrolle plenamente. No quiero tener senos grandes como mi madre y mi abuela".

La soledad se vuelve mi amiga

"La soledad se admira y se desea cuando no se sufre."

Éramos 10 en total las hijas de Lolita, por lo que la casa siempre era un desorden. Además, por alguna oculta razón, a mi madre le encantaban las visitas.

—¡Vayan a su cuarto que ya vienen los compadres! —gritaba emocionada—. Vamos Estela, llévate a tus hermanas. Mete a las niñas, muchacha. ¡Date prisa!

Algunas veces yo les contaba cuentos a mis hermanas menores. Otras tantas, a cambio de dormirse, les prometía cosas que jamás cumplía.

Como lo aprendí de mi madre. Al final del día siempre me acercaba a la ventana, donde solía escaparme con mi imaginación a tantos lugares.

Me di cuenta de que me sentía sola: "¿Cómo puedo sentirme sola en medio de tanta gente?", pensé.

Mi madre interrumpió mi dialogo interno. Entró como siempre lo hacía, acelerada como si hubiera un gran incendio en la casa.

—¡Tienes que venir conmigo! Vístete rápido. Es una orden —dijo con autoridad.

Yo me dije "En esta casa ¿qué no es una orden?".

—¿Qué ocurre? —pregunté, dudosa.

—No hagas preguntas y cállate.

—Ya voy —respondí, tratando de rescatar un poco de dignidad ante la graciosa huida.

Terminé de vestirme con lo primero que encontré a la mano.

—¿A dónde vamos? —volví a preguntar.

Lolita no contestó. Tenía el rostro desencajado y su respiración era muy acelerada.

Se dirigió al centro de la habitación principal y en medio de los invitados preguntó, haciendo alardes de grandeza:

—¿Desde cuándo sales con ese joven, Estela? —cuestionó, haciéndome sentir completamente vulnerable.

—¿Qué quieres decir, mamá? —no tenía la menor idea de lo que me decía.

—¿Desde hace cuánto tiempo? ¿Eres virgen todavía? ¿Te has portado como una puta ramera? ¿Qué ocurre contigo? ¡Dios! ¿Qué he hecho para merecer esto? —Lolita miró al cielo, buscando respuestas, y luego agitó un pedazo de cartón a lo lejos—. ¿Lo ves?

—¿Qué quieres que vea, mamá? —respondí, algo molesta.

—Observa la foto —respondió, con matiz de víctima afligida, seguramente heredado de la abuela, que por fortuna para mí no estaba presente—. Tú… mi hija, al lado de un hombre.

Por fin pude ver la imagen. Era una fotografía que había tomado un compañero afuera de la universidad. Ni siquiera la había visto. Sólo recordaba que había posado sonriendo al lado de un compañero. De nuevo pensé en mendigar la conformidad de mi madre, pero me negué a hacerlo. Y por una extraña razón me vi contestando:

—Por Dios, mamá. Es Rodolfo, un compañero de la escuela —proseguí con tono de autoridad—. Tengo dieciocho años. Soy una adulta. ¡No he hecho nada malo!

El mío fue un intento de confundirla que, por cierto, no resultó.

—Vamos —temblando de coraje, mi madre se acercó a mí—. ¿Sabes lo que sentí cuando mi comadre me enseñó la foto delante de tu padre?

Yo no entendía nada, pero sabía que estaba en problemas.

—¡Qué vergüenza, Dios! ¿Por qué me haces esto?

Aún no terminaba la frase cuando don Benjamín intervino furioso en la conversación…

Más vale un buen jalón que una mala caída

Un rayo de luz iluminaba su rostro. Un rostro que ya conocía muy bien y que seguramente era muy semejante al demonio del que hablaba mi abuela materna. Ese demonio que devora las entrañas pecadoras de los seres humanos.

—¿Estela? —lanzó un grito que cimbraba cristales.

—Sí, papá —fue lo único que alcancé a contestar.

En ese instante comencé a sentir los golpes por todo mi cuerpo. Hubo un momento en que perdí el sentido por tanto dolor. Cuando pude reaccionar, mi hermana Celina estaba sobre mí, cubriendo mi cuerpo de las patadas y manotazos de aquel hombre que se decía mi padre y que no dejaba de gritar "Es por tu bien".

Llegué a cuestionarme si realmente era por mi bien pues lo mismo decía mi madre cuando me castigaba. Me sentía muy sola. Mi madre incitaba a mi padre con sus gritos y lágrimas, hostigándolo para que me pusiera un límite, ya que, según ella, no podía vivir más conmigo. ¿Cómo podría estar segura en algún lugar si esto lo vivía en mi propia casa? ¿Qué me pasaría fuera de ella? Mis súplicas y oraciones por fin fueron escuchadas y mi cuerpo herido y temeroso pudo levantarse.

—No le pegues más, papá —gritaba mi hermana con furia—. Ya déjala, no ha hecho nada malo.

Era algo increíble, mi hermana me defendía.

Me sentía confundida por los gritos y golpes a los que mis oídos no acababan de acostumbrarse. De pronto, seguramente cansado, don Benjamín salió furioso de la habitación con el cinto manchado de sangre. Sí, requiere gran esfuerzo golpear a dos mujeres que yacen tiradas indefensas, llorando.

En un rincón de la vistosa sala, Lolita guardaba silencio, mismo que rompió al darse cuenta de la expresión de angustia de la metiche invitada.

—Ahora seguramente me toca una regañiza por tu culpa, Estela. Ya estarás contenta. Te odio y maldigo el día en que naciste.

Su cómplice la consolaba, posiblemente sintiendo la culpa de haber causado tal embrollo.

—Vamos —dijo Celina, con tono de complicidad—. Cuéntame, ¿es tu novio? Cuéntame… total, ya pasó esto.

Al ver el rostro golpeado de mi hermana, mis lágrimas de tristeza se transformaron en lágrimas de ira.

—Necesito un abrazo, hermana —supliqué.

En todo este tiempo jamás había expresado lo que necesitaba.

—¡Quiero decirte algo! —contestó Celina, indiferente a mi necesidad.

—Dime. Te escucho —pensé que por primera vez hablábamos como amigas.

—No… nada. Olvídalo —pareció que Celina cerraba de nuevo la puerta a sus emociones, dejándome sola y suplicante de otra oportunidad de un encuentro.

Durante un buen rato ninguna de las dos hablamos. Mi vista estaba perdida, mis ojos llenos de lágrimas y un nudo de rabia en la garganta. Mis demás hermanas, escondidas. Los gritos de mis padres peleando llegaban hasta el último rincón de la enorme y vieja casa.

Quería enfrentar a mis padres. Decirles que no había hecho nada malo. Era una foto con un compañero muy amable. ¡Sólo eso! Pero no lo hice. En silencio, seguía los gestos de mi hermana en busca de una sonrisa. De nuevo suplicaba cariño. Si le decía que la quería, seguro me habría tachado de estúpida.

La escena fue tan impresionante que tardamos en asimilarlo, pues únicamente recordarlo en una conversación, despertaba la furia de mi padre.

Una semana después, ya creía que todo había pasado. Pero no fue así. Un mes después del evento don Benjamín entró a mi habitación retomando aquel viejo asunto de la fotografía clandestina que me hacía culpable ante sus ojos.

—¿Cómo te atreviste? ¿Que no pensaste en nosotros? ¿Lo amas? ¿Te forzó? —yo sólo negaba con la cabeza.

—Maldición —dijo mi padre, furioso, empujando al resto de sus hijas para que salieran de la habitación.

Me quedé en silencio pensando cuán injusto era mi padre pero, desde luego, no lo dije. Observaba los muebles, la lámpara y la ausencia de flores en la vitrina angosta que mi madre ya no adornaba desde el incidente. Me perdí en mi mente mientras mi padre se desahogaba ofendiéndome. Todo ocurrió de prisa. Al volver al presente estaba sola. Ni siquiera se dio cuenta de mi ausencia mental. Madrugar, atender y evadir eran parte de mis talentos reconocidos y de los que más valoraba.

> *Hoy, mientras me bañaba, me di cuenta de algo:*
> *mis genitales se han vuelto invisibles. ¡Qué más da!*
> *No creo necesitarlos jamás.*

Al salir del baño acomodé los artículos de tocador y me quedé mirando el lavamanos. Abrí un cajón en el que estaban mi cepillo y mi peine; en ese abrir y cerrar de cajón surgieron en mi mente los cuestionamientos "¿Qué diablos hago aquí? ¿A qué vine a esta vida?". La oscuridad se tragó mis ideas.

El timbre del teléfono me sobresaltó. Escuché a mi madre hablando con alguna de sus amigas. Mientras me acostaba entre la multitud que invadía la cama, eché un vistazo y me sedujo un espacio en el suelo. ¡Qué pereza pelear por mi lugar junto al reloj despertador! Apagué la luz, acomodé mi cuerpo en la vieja cobija que hacía de colchón y así, me quedé dormida en el frío piso.

Nada ocurre de repente

En la naturaleza y en la vida nada sucede de repente.

Siempre tenemos advertencias graduales hasta que llegamos al umbral del dolor. Después de esta experiencia determinante, decidí jamás establecer contacto espiritual con mis padres. Me sentía más sola que nunca.

A la mañana siguiente, tras desayunar un vaso de leche y limpiar mi espacio, sentí muchas ganas de llorar. Me acordaba de la fotografía infame y de cómo fui acusada de manera injusta. Ahora podría asegurar que no pensaba en un hombre en mi vida. Me sentía culpable de no saber qué hice mal. Mis lágrimas caían sobre la mesa, así que con un pañuelo la limpié y, con el mismo trapo sucio, sequé mis lágrimas.

Dinámica personal

Antes de finalizar la adolescencia no se poseen las condiciones de madurez emocional para afrontar el abuso. Si a esto le agregamos la tendencia de las familias numerosas a dejar tremendas responsabilidades a los hijos mayores de cuidar de sus hermanos menores, la calidad de vida no es muy gratificante.

Plantéate las siguientes preguntas:

* ¿Recuerdas tu adolescencia?
* ¿Cuáles eran tus permisos?
* ¿Cuáles eran tus limitaciones?
* ¿Qué es lo más divertido que ocurrió en tu vida durante esta etapa?
* ¿Cómo fue tu primera experiencia emocional con el sexo opuesto?
* ¿Qué te hubiera gustado vivir en esta etapa?

Reflexiona en lo siguiente:

Una adolescente maltratada suele estar muy mal preparada para mantener relaciones significativas con los demás. Una de las raíces es su baja autoestima, es decir, el poco valor que tienden a darse. Esto hace que se fuercen a cumplir con los deseos de los demás a costa de los propios.

Por consiguiente, una adolescente víctima de maltrato estará, de manera natural, predispuesta a ser una víctima toda su vida.

Estudios realizados han demostrado que las víctimas tienen un pobre desempeño social. Parecen tan vulnerables que resulta normal que personas extrañas abusen de ellas.

Casi todos deseamos evitar el dolor. El adolescente víctima de la violencia se acomoda fácilmente a las relaciones de abuso y las jóvenes criadas por padres rígidos se adhieren a otras personas controladoras por naturaleza.

Además, según diversos especialistas, las mujeres maltratadas en su adolescencia desarrollan conductas autodestructivas más adelante.

Por su parte, muchos padres piensan, equivocadamente, que su trabajo es controlar a sus hijos. Parece que tienen mucho miedo de perder ese control en esta etapa. Sin embargo, la situación ya no es igual a cuando esos hijos o hijas eran niños, ahora quieren saber el porqué de las cosas. Cuando un adolescente es sometido se siente aniquilado como persona y algunos no logran escapar del control obsesivo de sus padres, ni siquiera en su edad adulta.

¿Cómo puede una adolescente aprender a poner límites si sus padres la pisotean todo el tiempo?

Concluye:

¿Cuáles son tus conclusiones?

_____

_____

_____

¿Qué aprendes de esta dinámica?

_____

_____

_____

Capítulo 3

El maltrato deja huella

¿No estaremos alentando a nuestras hijas más hacia la muerte que hacia la vida?

"Violencia engendra violencia"

Tenía dieciocho años y mi historia personal me dolía enormemente. Mis sentimientos eran una mezcla de miedo y nerviosismo. Sentada en el patio de la escuela sobre una banca de cemento, platicaba inquieta y con todo detalle del evento ocurrido con Rodolfo, el muchacho de la fotografía.

—Te dije que iba a ser difícil hablar de esto —le comenté—. Necesitaba compartirlo con alguien a quien le importara mi dolor, o dime, ¿mejor ya no sigo? —pregunté, anhelando que me dijera que continuara.

El viento frío de la mañana congelaba mi pequeña nariz. Lo miré temblando, apretando con las manos la solapa de mi viejo abrigo.

—No… pues sí… nunca imaginé que vivieras algo así.

Rodolfo se había convertido en mi mejor amigo. Me escuchaba y me cuidaba. No dejaba que nadie se acercara a mí. Si lo hacían, se ponía furioso y agresivo. Con eso me sentía sumamente protegida.

—¿Quieres casarte conmigo? —preguntó.

Me miraba callado. Encogí los hombros y pude darme cuenta de que yo no sabía lo que quería. No tenía idea de que algún día pudiera elegir.

—Acabo de recibir una carta de mi hermana Celina —contesté, tratando de desviar la conversación, para no verme desesperada.

—¿Tu hermana mayor?

—Sí. Me escribió que le va muy bien en Estados Unidos. Esta última carta me ha dejado reflexionando. Tal vez deba irme con ella a trabajar.

Pensé que lo aprobaría de inmediato, después de todo éramos confidentes.

—¿Y darles problemas y dolor a tus padres? ¿Estás loca? Serán como sean pero ¡son tus padres! En cierta forma, lo que acabas de contarme me ayuda a entenderte mejor.

Y, mostrando que definitivamente no me apoyaba, añadió:

—¡Debes quedarte!

A veces, en el rostro de Rodolfo era posible detectar una gran ternura, una gran necesidad de amor, aunque era un desastre para demostrarlo.

Caminamos hacia el salón de clases. Un grupo de muchachas pasó a nuestro lado corriendo. Seguramente Rodolfo no tenía alternativa cuando descaradamente volteó a ver sus caderas, sin perder detalle de ninguna de ellas. Y yo, no tenía más alternativa que suspirar.

Pasaron las semanas y la verdad no quise pensar en la propuesta de matrimonio de Rodolfo. Pero secretamente ansiaba salir de mi casa. Ya no aguantaba a mis hermanas y más desde que Celina y ahora también mi hermana Refugio se habían escapado a Estados Unidos a trabajar.

Yo cumplía con todas y cada una de las reglas de mi casa. Iba de mi escuela, donde estudiaba la normal superior, al trabajo donde daba clases en una escuelita de sistema abierto. Tenía cuidado en nunca llegar después de las nueve de la noche y veía a Rodolfo en los recesos en clase.

Era curioso. No éramos novios, pero él siempre cuidaba de mí como si lo fuera. O por lo menos eso era lo que yo imaginaba. Nunca supe si le gustaba, pero era lo más cercano que conocía al amor. Por cierto, tampoco supe si él me gustaba aunque fuera un poco.

Una tarde regresé a mi escuela por unos libros en la biblioteca y grande fue mi sorpresa cuando una mujer llamada Angélica Meras me comentó con un tono de voz que revelaba un mensaje mal intencionado.

—¿Ya sabes que Rodi y yo estamos saliendo?

—No —contesté, intentando no mostrar interés alguno en ella.

—Ustedes no son novios ¿o sí? —insistía la descarada.

—No —respondí, saliendo de la biblioteca sin decir más.

Era cierto, jamás me pidió que fuera su novia. No había razón para enojarme. Pero lo estaba. ¿Será que me había enamorado de Rodolfo? Me alejé de los recesos compartidos con él por casi seis meses. Lo extrañaba, pues era la única persona que me comprendía. Una mañana, subiendo la escalera a mi salón, me encontré con él. De improviso viró a la derecha y se acercó a mí de forma peligrosa.

—Es difícil olvidarte —me dijo con cara de niño travieso.

—Sí, ya me doy cuenta —respondí, en tono de burla.

—¡Quiero hablar contigo!

—No me molestes. Ve a hablar mejor con tu novia.

¡Me sentía tan celosa! Nos detuvimos justo frente a un grupo de tipos que platicaban sentados en nuestra banca. Eran más de cinco. Percibía los bultos humanos y su voz potente discutiendo.

Rodolfo me sujetó con fuerza de los brazos. Yo era frágil y en ese momento me sentía vulnerable. Después con voz fuerte me dijo:

—No seas estúpida, tú no eres como ella. A ti te quiero para esposa. Con la otra es sólo un juego. Contigo no puedo hacer lo que con ella hago. Tú eres decente. Pero no se te olvide que soy hombre y tengo mis necesidades.

Salí del lugar como pude, aunque en mi interior me sentí halagada por la actitud de Rodolfo. Embebida con la experiencia regresé sola caminando a mi casa. Llegando me apliqué una mascarilla de avena en el rostro. Pasé horas frente al espejo.

Esa noche no pude leer como siempre lo hacía. Mi corazón latía con fuerza recordando la experiencia con Rodolfo. Yo, Estela, me sentía enamorada.

> *¿Será que tener pareja hace feliz a una mujer? No puedo pensar, sólo veo su imagen en mi mente. Me siento ridículamente apasionada.*

Un escalofrío golpeaba mi vientre. De pronto reí con fuerza, como nunca antes me había permitido hacerlo.

En ese momento apareció mi madre. Me miró en silencio y después de unos instantes me dijo:

—Échate a dormir en tu rincón —ordenó—, al menos duermes más cómoda en el suelo. Se hace tarde.

"Tarde —pensé— ¿para qué?" Fingí que dormía con tal de no seguir escuchándola. Me encorvé acurrucándome en mi espacio. Mi madre desapareció por la puerta. Papá aprovechó para apuntar con su linterna y verificar que todas estuviéramos durmiendo. La angustia comenzó a asfixiarme, estaba alucinando con ser la esposa de un extraño. Las lágrimas de miedo se convirtieron en lágrimas de esperanza: salir casada de esta casa era mejor que salir muerta.

Corrupción gradual

"En lo que se refiere a la naturaleza del individuo, la mujer es defectuosa y mal nacida, porque el poder activo de la semilla masculina tiende a la producción de un perfecto parecido en el sexo masculino, mientras que la producción de una mujer proviene de una falta del poder activo."

Santo Tomás de Aquino

Nunca faltaba a la doctrina en la parroquia que milagrosamente se ubicaba frente a nuestra casa. Mi abuela decía que era un honor ser vecinas del Padre Dios.

Yo formaba parte de una congregación religiosa a la que asistía todos los sábados y domingos para trabajar en la parroquia. Allí conocí al padre Marcelo, un hombre alegre y divertido, un sacerdote fuera de serie. Muchas familias lo detestaban porque se atrevía a hablar de los homosexuales como hijos de Dios.

Lo admiraba profundamente. Una tarde en su confesionario le conté lo que sentía por Rodolfo y el padre Marcelo me dejó de penitencia que le diera mi primer beso. Cometí el error de comentarlo con mi madre, quien me ordenó jamás hablar del asunto y gritando prometió reportar al sacerdote con el mismísimo Papa.

Preferí no compartir con mi madre la teoría del sacerdote de que la Iglesia ejercía violencia contra la mujer por cuatro razones demostrables, como decía él:

1. Al decir que Dios es hombre. Si Dios es hombre ¿no se refleja entonces en la mujer?
2. ¿Será la voluntad de Dios mantenerlas oprimidas?
3. ¿Por qué les quita la posesión de su cuerpo?
4. ¿Qué sentido tienen el autosacrificio y la abnegación? ¿Por qué se justifica el abuso argumentando que es una cruz? Eso nos hace sumisos y nos lleva a aceptar la violencia, sobre todo a las mujeres.

—¿Acaso la mujer es de segunda clase? —me preguntaba el sacerdote, indignado.

Aún ahora no sé qué responderme.

Pero, pese a ello, una vez más reafirmé mi vocación de niña obediente y me prometí llegar virgen al matrimonio como una obsesión. Es más, recibiría mi primer beso hasta mi boda en el altar mismo y no volvería a escuchar al padre Marcelo ni a nadie más que hablara de forma tan confrontante.

Mi casa estaba a sólo unos pasos de la iglesia, así que mis padres estaban felices pues siempre llegaba de inmediato de mis oraciones. Mamá me esperaba en la puerta de la casa. Apenas entraba me abrazaba y yo discretamente me separaba como si fuera un espanto. Me sentía muy sola en medio de tanta gente.

La Ley de Atracción dice: "Todo lo que se asemeja se atrae"

Me la pasaba pensando en la relación violenta de mis padres. Entre ellos y con nosotras, sus hijas. Una relación llena de dolor, crueldad y de un gran abuso de nuestros límites personales. En una ocasión mi padre sacó de la casa a mi hermana Francisca corriendo tras de ella con un machete. La pobre estaba bañándose y don Benjamín entró furioso porque no siguió una orden al pie de la letra. Mi madre escuchó todo escondida bajo la cama. No hizo nada para detener el penoso incidente. Escenas como ésta se repetían todos los días.

> *No quiero un hombre violento en mi vida. No quiero que me controlen. No quiero que me hagan daño.*

Esas frases me las decía una y otra vez.

Yo sentía que era una mujer hermosa y hasta llamaba la atención de muchos hombres, pero en cuanto me invitaban a salir y les argumentaba mi historia de vida, jamás volvían a aparecer. Sólo Rodolfo. Él jamás me dejaba. No importaba que anduviera con la piruja de la biblioteca.

Una tarde Rodolfo me telefoneó desde la delegación de policía. Me contó que un hombre lo había presentado a la jefatura porque se enfrentó a golpes con su hijo.

—¿Quieres que llame a tu madre? —le pregunté, preocupada por la situación.

—No, sólo quería que no te preocuparas —replicó con tranquilidad—. Sólo tenía una llamada y quería utilizarla contigo, Estela. Escucha... ¿quieres casarte conmigo?

— Acepto —sin duda no era el mejor momento para un "no".

—Debo colgar. Te amo, Estela.

Me sentía apenada. Pero ¿cómo podía negarme con tal reconocimiento a mi persona?

Tirada en el suelo de mi habitación, me sentía renovada. Mis hermanas intentaron molestarme, sin lograrlo. Yo era un bulto feliz. Por primera vez me sentí muy feliz.

"Los perdedores se asocian y son tantos que se parecen todos"

No tenía amigos ni amigas. Mi madre alegaba que los únicos amigos eran la familia y yo permanentemente cumplía al pie de la letra mi instructivo familiar. Incluso tenía un manual que me heredó mi abuela para llegar a ser una buena mujer. Sabía de memoria cada norma. Podía recitarlas del derecho al revés sin equivocarme.

1. Di siempre "sí".

2. Esfuérzate por dar lo mejor de ti.

3. Sé dulce e interesante. Debes hacer todo lo posible por distraer y complacer a los demás.

4. Una buena mujer sabe siempre cuál es su lugar.

5. Habla poco.

6. Busca verte siempre feliz.

7. Recuerda que es más importante lo que los demás piensan que lo que tú crees.

8. No agobies a los demás con tus problemas.

Pensaba que cumplir estas normas era todo un reto, pero si lo lograba, mi recompensa sería entrar por la puerta de la iglesia del brazo de mi amado Rodolfo para culminar mi historia con un matrimonio feliz.

Pero el tiempo pasaba y los problemas en casa no terminaban. Un día llegué llorando a la escuela y Rodolfo se me acercó.

—¿Quieres que nos casemos ya?

—Es lo que más anhelo —contesté, sin dudarlo.

Comenzaron los preparativos de la boda. Fue entonces cuando conocí a la madre de Rodolfo, la señora Catalina, quien me saludó con una pregunta:

—¿Estás segura de que quieres casarte? Yo no quiero que Rodolfo se case contigo —me advirtió sin tapujos.

Me quedaba claro que la noticia no era de su agrado. La madre de Rodolfo era una mujer pequeña y regordeta. La mujer me dio santo y seña de las cosas que a Rodolfo le molestaban y yo como autómata la escuchaba. No sabía si debería tomar nota. Ignoraba que al salir de mi casa entraría a otro tipo de infierno.

Rodolfo me tomó del brazo y discretamente me dijo:

—Tendrás que acostumbrarte, así es mi madre.

¡Qué lejos estaba de vislumbrar lo que me esperaba! En efecto, ese fue sólo el principio de una serie de intervenciones de mi suegra en mi vida de pareja.

Años después me di cuenta de que reproducía mi infierno personal, ni más ni menos. En lo más íntimo de mi ser sabía que estaba cometiendo un terrible error.

—¿Dónde está tu padre? —le pregunté.

—Nos abandonó hace años. Sólo mi madre y yo hemos vivido juntos. Mi madre para mí es un Dios. ¿Lo entiendes, Estela?

Pensé que Rodolfo era un buen hijo y seguramente sería un buen esposo. Tres meses tardamos en arreglar nuestra boda y casarnos. El día del evento, un 14 de febrero, fui a trabajar y a la escuela como siempre. Era viernes, lo cual facilitaba el viaje de bodas en el fin de semana sin que Rodolfo ni yo faltáramos al trabajo.

Llegué apresurada a la casa. Eran las 5:00 de la tarde y nuestra boda era a las 7:00 p.m. Me lavé la cara y me vestí. Me veía sencilla y hermosa a mis 20 años. No había duda de que seguiría estudiando y trabajando, como ya lo habíamos hablado.

Don Benjamín alquiló una limosina para que me casara dignamente, según él. Como si la limosina borrara los años de sufrimiento y "entrenamiento" mental. Llegué al templo puntualmente y ahí estaba él. Como un príncipe esperando a su doncella.

Caballerosamente se acercó al auto y susurró a mi oído:

—Date prisa, pendeja, se nos hace tarde, déjate de tanta mamada.

Yo pretendí no haber oído nada.

"Tal vez está nervioso por el evento", lo justifiqué. Salí del auto y entré al altar temblando de miedo.

> *¡Realmente creo que no quiero hacerlo! ¡Por Dios, no debo ni quiero casarme!*

No escuché a esa voz que clamaba en mi interior y dije el sí convencional ante el altar.

—Los declaro marido y mujer.

Así es cómo recibí mi primer beso. No hubo fiesta alguna pues Rodolfo consideraba que los festejos eran gastos innecesarios. Yo anhelaba una fiesta, pero, como siempre, me quedé callada.

Fui a casa de mi madre y me cercioré de dejarle todos los regalos de mi boda como una donación por mi estancia esos veinte años.

—Yo no quiero nada —dije, mintiendo.

—Está bien. Me los quedo yo, si eso te hace feliz —contestó Lolita, con voz desganada.

—Híncate —ordenó don Benjamín—. Les daré la bendición.

Y esa fue la despedida a nuestra luna de miel.

—¿Cómo nos iremos? —dijo Rodolfo.

—Olvídate de pedir apoyo a mi familia —dije, sabiendo lo enojado que estaba mi padre por la boda.

Sin más, esperé que Rodolfo resolviera el problema. Para mi sorpresa, contestó:

—Hablando de familia —pareció recordar algo—, mi madre nos acompaña al viaje de bodas. ¿Supongo que no hay problema? No quería dejarla sola.

—No hay problema —mentí de nuevo.

Partimos los tres rumbo a la playa. En el camino, Catalina, la madre de Rodolfo, no dejó de llorar. Sus lágrimas sólo eran interrumpidas por tremendos ronquidos aniquilantes, similares al rebuzno de un asno. Mas me esperaba otra sorpresa al llegar a la noche de bodas.

El hotel era muy sencillo. Me molesté al escuchar a la recepcionista.

—Habitación para tres personas.

Rodolfo pareció no notar mi mueca de desacuerdo.

Catalina llegó primero a la habitación y fue a cambiarse. Para nuestra noche de bodas, lucía un camisón blanco de encaje que jamás olvidaré.

—No te asustes, hija —dijo la anciana—. Sólo dormiré con ustedes la primera noche. ¡La más importante! Por supuesto, en medio de los dos. Para bendecirlos. Tomaré sus manos y haremos oración por este matrimonio.

Y así fue.

—Sagrado Corazón de Jesús.

—En vos confío —contestamos toda la noche hasta que nos quedamos dormidos de aburrimiento.

Mira a tu suegra como a las estrellas... de lejos

El día transcurrió tranquilo y esperé la noche de bodas en la que Catalina ya no estaría presente. Noté a Rodolfo distante. Ignorando mi presencia, todo el tiempo se dirigía a su madre.

Hubo un momento en que Rodolfo salió solo y le pidió a su madre que cuidara de mí. Fueron más o menos cuatro horas en que hasta la fecha no sé dónde estuvo mi marido.

Catalina aprovechó para decirme:

—Acostúmbrate, muchacha. Así son los hombres. Si quieres que esto dure, no preguntes jamás nada.

Por fortuna se fueron a dormir y solté el preciado cinturón de castidad. Fue una noche poco encantadora. Un poco de incomodidad y nada más. Caray, tanto que había guardado mi cuerpo para ese momento. Seguramente con el tiempo mejoraría todo.

—Voy a acabar con mi vida —dijo la madre de Rodolfo, justo durante el regreso del viaje de bodas—. No tiene sentido que viva más.

Rodolfo le dio más de mil razones por las que era importante que viviera. Y para reafirmar me involucró.

—¿No es así? ¿Que primero nos morimos nosotros que perder a mi madre?

—Sí —contesté, enfadada, mintiendo nuevamente mientras pensaba "El casado casa quiere".

Dinámica personal

Plantéate la siguiente pregunta:

* ¿Por qué seguimos repitiendo patrones hasta la muerte?

Reflexiona en lo siguiente:

Hablemos de los efectos de la conducta de una madre controladora. Para el hijo de una madre con estas características, el perfeccionismo se vuelve muy importante, porque siente que tiene que complacerla y ganar su amor. El adulto siente ansiedad y desea ejercer control para tener éxito frente a su madre. El cumplimiento de sus expectativas se convierte en su fuerza motriz y hará todo para evitar la desaprobación materna.

La madre que carece de vida propia comienza a vivir de forma espontánea la de su hijo. Una mujer que desea ser una buena madre y suegra deberá esforzarse primero por reconocer sus miedos y segundo, por dejar que sus hijos sean seres autónomos.

Algunas madres ven en sus hijos su prolongación y se vinculan en exceso con ellos, ahogándolos. Además, se sienten insatisfechas, son criticonas, distantes y faltas de empatía. Literalmente, se convierten en máquinas destructoras de autoestima. Si a ello le sumamos su actitud de mártir con expresiones constantes de sufrimiento que se acumulan al ambiente cultural, en este contexto equivocado se confunde dónde comienza cada uno de los miembros.

Resultan muy útiles los estudios que la doctora Kathleen B. Kerr, psicóloga estadounidense, realizó acerca del comportamiento de la madre chimpancé. La doctora observó que los chimpancés con madre sobreprotectora tardan en madurar, y tienen menores posibilidades de sobrevivir y desarrollar habilidades para resolver problemas de la vida. Según estas investigaciones, la mejor mamá chimpancé es la calmada, competente, segura de sí misma y sociable. La mamá nerviosa, temerosa o irritable tiene hijos inseguros y con problemas de autonomía.

Concluye:

¿Cuáles son tus conclusiones?

_____

_____

_____

¿Qué aprendes de esta dinámica?

_____

_____

_____

Capítulo 4

¿Estoy sufriendo maltrato?

"Si sembramos vientos, cosechamos tempestades"

El lunes por la mañana regresamos al trabajo. Estaba súper emocionada por llegar a mi casa a arreglar los nuevos muebles con Rodolfo. Pero al abrir la puerta encontré a mi controladora suegra doña Catalina en la sala, al lado de su apreciado hijo.

—Mi madre, Estela, no ha podido dejar de llorar. Le he pedido que se quede la primera semana aquí en nuestra casa. Sirve que te enseña a ser toda una mujer. ¡Ya la he convencido! No… no tienes que darme las gracias, amor mío —afirmó Rodolfo, como si nada pasara por mi mente.

¡Deseaba tanto que la señora se fuera! Esta vez no tuve que mentir, porque permanecí totalmente muda.

¡Ya estoy harta!: "Lo que mal comienza, mal termina"

Ocho meses de casada y mi suegra no salía de mi casa desde el primer día. Mi esposo nada decía al respecto. El ambiente era pesado. Sólo ellos hablaban entre sí. Yo me sentía ignorada. Mi suegra supervisaba todo el tiempo lo que yo hacía. Decidía qué se haría de comer y, por supuesto, se quedaba horas hablando con su hijo en cuanto llegábamos de trabajar. Yo podría no existir y nadie lo notaría.

Me sentía muy cansada de esta situación. Mi trabajo, la escuela y ahora mi casa donde Catalina acomodó los muebles a su regalado antojo.

"La ropa sucia se lava en casa"

Una tarde sonó el teléfono de la sala. Era Lolita, mi madre.

—¿Cómo estás, hija?

—Mal, mamá. Muy mal. La verdad es que las cosas no son como esperaba.

Ni siquiera me escuchó.

—¿Querías casarte, mijita? Los hombres son unos cochinos. Sólo piensan en sexo. ¡Pero aguántate! Si te saca por la puerta, usted se mete por la ventana. Eso me enseñó tu abuela. Si no ¿por qué crees que sigo casada con tu padre?

—Sí, mamá —contesté con desgano—. Conozco la herencia de la familia.

Colgué sintiéndome peor, más sola que nunca. Rodolfo llegó muy tarde de su trabajo argumentando que una compañera tenía problemas y se había quedado horas escuchando a la pobrecita.

Ya en la habitación me cambié de ropa para ir a dormir y, tratando de provocar sensualmente a mi marido, decidí desnudarme frente a él. La respuesta fue adversa. Me miró de arriba abajo. Después de hacer una expresión de deseo de vómito al ver mi esbelto cuerpo que aún se encontraba desnudo, Rodolfo me detuvo.

—A ver, a ver, espera —me recorrió con la mirada una vez más—. ¡Qué flaca estás! ¡No me gustas! Es más... ahora sí te lo puedo decir como tu marido que soy. ¡Nunca me ha gustado tu cuerpo! No te lo comentaba porque me daba pena, soy un caballero. Pero ya eres mi mujer. A ver si vas comiendo más. Las flacas me dan mucho asco.

Me miré al espejo.

Tal vez mi marido tenga razón. Después de todo, seguramente él me habla así únicamente por mi estricto bien.

Mi rutina: "Cada uno labra su propio destino"

Seguía con mi rutina: todos los días a la escuela y de ahí a trabajar. Llegaba temprano a limpiar mi casa y prepararla para recibir a Rodolfo, que cada vez llegaba más tarde y más desanimado por verme.

En una ocasión mi marido llegó preocupado al hogar.

—Siéntate, Estela. Necesito hablar contigo, mi amor —me dijo con una mezcla de angustia y ternura, a la cual no estaba acostumbrada.

—¿Ocurre algo?

—Me acusaron injustamente en el trabajo de acoso sexual a una secretaria. ¡Es una vil tontería! Estoy recién casado contigo, mi reina. ¿Qué les pasa a esos directivos? Amor mío, tienes que apoyarme —sin detenerse, continuó su monólogo—. Mañana vas a ir por mí al trabajo. ¡Méndiga puta vieja chismosa! Acusarme a mí. Un maestro.

—Desde luego.

En ese momento sentí mucho orgullo de la honestidad de mi marido para conmigo.

Nunca había conocido hombre más honesto que mi ahora esposo.

Durante una semana fui a su trabajo sin faltar un solo día. Rodolfo se cercioraba de que su jefe me viera, y cada vez que podía me abrazaba y besaba repitiendo "Te amo". Incluso me presentó con él como una gran mujer.

No habían pasado diez días cuando Rodolfo me dijo:

—Ya no es necesario que vayas más por mí, Estela.

—No me molesta. Puedo seguir haciéndolo —respondí con energía.

—No. Ya no. Necesito mi espacio. ¿Entiendes, verdad?

Cumplí al pie de la letra los deseos de mi marido. Después de todo, eso es lo que hace una buena esposa.

El reconocimiento

Dos años después llegó el momento de nuestra graduación en la carrera como maestros y yo fui nombrada la mejor alumna de la generación. Me sentía dichosa. No podía evitar compartirlo con las personas a quienes tanto amaba. A la primera que llamé fue a mi madre.

—¡Mamá, te tengo una sorpresa! Me han otorgado un reconocimiento como la mejor estudiante de mi generación.

—¿Qué vas a hacer? Supongo que no se lo dirás a tu marido, ¿verdad? Sería una humillación que podría costarte tu matrimonio.

—¿Por qué?

—Detrás de un gran hombre hay una gran mujer. No delante, hija, nunca delante.

No quedé convencida. Para mí era natural celebrar los logros de tu pareja. ¿Por qué no estaría él feliz? Llegué a mi casa. Rodolfo estaba frente al televisor viendo un partido de futbol.

—Te tengo una sorpresa —le dije.

—¿Qué me hiciste de cenar? —contestó, sin dejar de ver el televisor—. Por cierto, yo te tengo otra sorpresa. Mi madre viene a pasar el fin de semana con nosotros. Ella se dormirá contigo y yo aquí en la sala. ¿Qué sorpresa me tienes tú?

—Ninguna. Olvídalo. Te traigo tu cena.

Tomé una copa de refresco y brindé conmigo misma.

Salud… ¡felicidades a mí!

La relación era cada día más tensa

Con las intervenciones de mi suegra y la actitud de enojo de mi pareja, la convivencia era cada día más difícil.

Una tarde me sentí mareada y débil. Pensé que era por tanto trabajo. De pronto me cruzó por la mente la idea de estar embarazada. Tal vez eso mejoraría la relación. Asistí sola al médico, quien confirmó el diagnóstico. Tres meses de embarazo. Al darle la noticia a Rodolfo, él me respondió que estaba bien. No era el mejor momento, pero lo aceptaba. Definitivamente, no era la respuesta que yo esperaba.

Durante el embarazo fue muy indiferente. Me advirtió en un principio que todo era mental y que no creía en mis antojos ni mareos. Elegí hacerle caso, ignorando lo que sentía. Me sentía muy vulnerable. Mi esposo se enojaba por todo. Cuando le llamaba, jamás me contestaba. No se preocupaba y le gustaba largarse con sus amigas y amigos a beber a un bar. Teníamos muchos problemas, por más que yo intentaba echarle ganas. Él no era cariñoso y no hacía el mínimo esfuerzo por apoyarme en el embarazo. Nunca me abrazaba ni me hacía el amor, alegando que podía lastimar a mi bebé. Le valía gorro todo lo de nuestro hijo. Se iba de fiesta y la relación se deterioraba cada vez más.

Pasaba de un estado de ánimo a otro. Primero me reclamaba porque era muy distraída o no lavaba sus camisas bien y después me decía que era lo más importante en su vida. En momentos yo sentía que perdía la razón.

Trataba de tener la comida lista, la casa impecable y sus camisas almidonadas. Cuando algo le molestaba, dejaba de hablarme durante semanas. Aunque yo hubiera preferido un grito antes del dolor de sentirme castigada con su desprecio.

Una tarde Rodolfo estaba más molesto que de costumbre. Yo ya había cumplido los nueve meses de embarazo. Íbamos en silencio en el auto, lo cual me incomodaba. Así que decidí romper el silencio.

—Amor, ¿qué te pasa? Me duele verte molesto.

—Nada —respondió, con cara de pocos amigos.

—¿Hice algo mal?

—Nada.

—¿Puedo hacer algo?

—Nada. Sólo déjame en paz.

No podía más. Comencé a llorar. De pronto, Rodolfo detuvo el auto.

—Bájate, Estela —me ordenó.

—¿Qué?

No podía creerlo, él sabía que no tenía dinero.

—Que te bajes —repitió la orden con más fuerza. Sus ojos se desorbitaron, estaban más rojos que un tomate.

—No tengo dinero para tomar un taxi —le aclaré para que reaccionara.

—No me importa. ¡Bájate ahora mismo!

Me quedé en medio de la calle y sin dinero. No quería regresar a casa de mis padres, así que tardé ocho horas caminando hasta llegar a casa de mi abuela. Mis zapatos estaban rotos de tanto caminar y mis pies sangrantes y con un insoportable dolor.

Mi abuela me recibió y no preguntó nada. Me atendió con mucho cariño. Pasaron quince días y Rodolfo nunca me buscó. Decidí llamarlo y preguntarle:

—¿Qué pasa, Rodolfo? Tienes que ayudarme. Nuestro hijo no nace, temo que esté muerto.

Sólo entonces le saqué una frase:

—Por la noche voy por ti.

—El bebe está por nacer —le dije, suplicante.

—Está bien. Ya te dije que paso por ti.

Sentí como un baldazo de agua fría sobre mi cuerpo con su respuesta. Los dolores de parto habían comenzado y no tenía más opción.

Esa noche nació nuestra hija Mariana. Rodolfo estaba a mi lado y uno de sus mejores amigos que nos acompañaba le preguntó:

—¿Cómo se siente tener una hija, Rodolfo?

—No se siente nada. ¿No ves que no es varón?

> *"No se siente nada, no se siente nada", sus palabras resonaban en mi mente. ¡Dios mío! ¿Será esto lo que se siente cuando te dan una puñalada en el alma?*

"Nunca confrontes"

Mi suegra llegó al hospital amenazante:

—Vengo a quedarme con ustedes tres meses. ¿Supongo que no te opones? Yo sé cómo cuidar una hija y tú no.

Trató de arrancar a la bebé de mis brazos, pero yo la sujeté con fuerza. Rodolfo se molestó y me gritó:

—Por Dios, Estela, ¡es mi madre!

—Dios mío —gimoteó ella—. ¡Me quiero morir!

—Toma, mamá.

Rodolfo tomó con fuerza a la bebé de mis brazos y ya no me opuse.

—¡Es tuya!... Te la regalo. No llores más.

—¡Es mi hija, señora! —la tomé nuevamente, sin vacilar—. No hay tal regalo. Puede quedarse con nosotros si lo desea, pero usted no es la madre de mi bebé, a ella la cuido yo.

En medio de esas terribles discusiones se desarrolló mi hija.

Había noches que no dormíamos peleando como perros y gatos en nuestra habitación, mientras su madre sonreía y esperaba en silencio nuestra separación.

—¡Estás loca, Estela! Únicamente quieres que te ponga atención.

—¿Qué tiene eso de malo? ¿No somos una pareja?

—Ya me estoy hartando, maldita perra. Me tienes cada vez más encabronado. Tú ni te imaginas. Te crees muy bonita. ¿Sabes cuántas viejas se arrastran por mis huesos? Todas las viejas son iguales, unas zorras calientes.

Esa vez levantó la mano para simular que me daría una bofetada. Al final alcanzó a golpear mi rostro por accidente. Estoy segura de que esa nunca fue su intención.

Así pasaron más de seis meses con la visita de la madre de Rodolfo, hasta que se fue por fin a su casa a cuidar de sus ya secas y abandonadas plantas.

Pero esta vez estaba más indignada porque yo no había querido darle a mi hija Mariana como un consuelo en su soledad. Yo realmente amaba a mi pequeña hija. Y la quería feliz. Por alguna extraña razón mi intuición me decía que eso jamás sería sencillo.

Cada vez más destacaba en mi carrera como maestra de secundaria, así que decidí estudiar una maestría. Sentía que podía hacerlo, estudiar, cuidar a mi hija y mantener un hogar estable.

Además, ya que la madre de Rodolfo pasaba clandestinamente meses en mi casa, eso facilitaba en cierta forma las cosas. Por lo menos podría cuidar a mi hija un rato mientras yo estudiaba.

> *¿Acaso el matrimonio es sólo esto: trabajar y compartir en un completo encierro? ¡Eso, definitivamente, no me motiva en lo más mínimo!*

Cada vez más invisible

> *Y sigo volviéndome invisible. Ahora son mi pecho y mi espalda. ¡Invisibles por completo!*

Sin darle mucha importancia a la invisibilidad, decidí continuar con mi vida normal. Para entonces mi hija Mariana ya tenía seis años y había resultado una excelente estudiante. Mi marido estaba orgulloso de su hija pero quería un hijo varón. Y aun cuando no teníamos vida sexual, me acusaba de que seguramente yo estaba enferma y no podía embarazarme.

Por un momento pensé en decirle que ya llevábamos más de tres años sin relaciones sexuales. Pero la verdad yo tenía mucho miedo a su reacción.

Conseguimos dar clases en una escuela secundaria de gobierno. Y nos iba muy bien.

En una ocasión le dije:

—Mira lo que compré para nuestra hija.

Le presumí un hermoso osito de peluche.

Rodolfo sólo miró el juguete e hizo una mueca de indiferencia. En ese momento Catalina, que como siempre estaba de visita, me miró con envidia y comenzó a llorar.

—¡Yo no tengo nada! ¡Nunca tuve un muñeco de niña!

Rodolfo tomó el muñeco de peluche de mis manos y se lo entregó inmediatamente a Catalina.

—¡Toma, mamá, te lo regalo… es tuyo!

No dije nada. Me fui en silencio a mi cuarto. Por primera vez mi marido se sintió apenado y antes de dormir me comentó:

—Sé cómo te sientes, Estela. Antes de conocerte compré un muñeco de peluche para una novia y mi madre me sorprendió antes de salir de casa. Yo mentí diciendo que era para ella. Es el muñeco de peluche que todavía tiene en su cama —no dijo más y se durmió.

> *Bueno, tomaré lo que me dijo como una especie de disculpa. Lo cierto es que ahora me doy cuenta de que ya soy completamente invisible.*

Mujer, no pienses en grande

En una ocasión Rodolfo viajó a la Ciudad de México y me hice cargo de sus clases en la secundaria. Los alumnos estaban felices por las actividades que les puse. Cuando Rodolfo regresó, se molestó por los resultados mostrados y por la empatía generada entre sus alumnos y yo.

—Lo que yo deseo como esposa es a una ama de casa y no a una profesionista exitosa. ¡Grábatelo bien en tu cabecita! —me reclamó, golpeando con el dedo índice mi frente avergonzada de tantos errores cometidos.

> *¿Realmente querrá que yo me dedique al hogar y me olvide de mi crecimiento personal?*

Si vas a hacer llorar a una mujer, que sea de felicidad

Mi hija Mariana era mi adoración y la alegría de mi vida. Sin embargo, a pesar de mis éxitos profesionales y el amor de mi pequeña, ¡yo no era feliz!

> *¿Por qué? Si siempre pensé que las lágrimas que se derraman en un matrimonio son de pura felicidad.*

Huele a cuernos

En una ocasión me llamó por teléfono una mujer preguntando por mi marido. Le di razón y al poco tiempo de colgar volvió a llamar.

Esta vez fue más clara:

—Soy la novia del maestro Rodolfo. ¿Tú quién eres? ¿Por qué estás en su casa?

—Soy su esposa —dije.

Pasaron unos instantes en los que escuché detalles aberrantes sobre cómo mi esposo la cortejaba. Me contó que él le dijo que ya no vivíamos juntos, que estábamos tramitando el divorcio. Que mi hija era mía y que él me apoyó como madre soltera, pero que no había sabido ser una buena esposa. Me habló de que mi esposo se hacía cargo de los gastos de su casa y hasta le había comprado un automóvil como regalo de cumpleaños. Que se habían conocido cuando él se detuvo para ofrecerse a llevarla a su casa. Que su relación ya llevaba más de un año. Que por casualidad había llamado con la intención de encontrarlo y se sentía tan sorprendida como yo…

Confundida con la historia, llamé a mi madre y le conté todo. Ella me dijo que no hiciera caso, que seguramente era una mujer chismosa y mentirosa, y lo mejor sería que no escuchara nada que afectara mi matrimonio.

Pero la mujer siguió llamándome hasta que confronté a Rodolfo y éste terminó aceptándolo.

—¡Sí, te fui infiel, perdón! —fue todo lo que dijo y se quedó profundamente dormido.

De nuevo mi esposo actuaba de forma que yo quedara como una loca celosa.

En una de las muchas llamadas pude hablar con aquella mujer y aparentemente le puse un alto. Hice que mi madre cuidara a mi hija y junto con Rodolfo la confronté. En medio, mi marido, con expresión de triunfador, observaba la escena. Yo quedé muy dolida.

Y la situación fue de mal en peor.

Pensé que Rodolfo se arrepentiría y cambiaría, pero no fue así. Todo lo contrario: aumentó el abuso y la infidelidad se hizo parte natural de nuestra historia. Él siempre volteaba a ver a otras mujeres delante de mí, buscando demostrarme que había muchas mejores que yo.

Hacía bromas crueles. Como pedirle a mi hija que le dijera tío cuando asistíamos a alguna tienda de compras, para coquetear con las empleadas. Por supuesto, antes se cercioraba de que yo viera y escuchara. Mi esposo y mi hija se reían cuando, sin poder contenerme, soltaba el llanto.

Yo seguía estudiando maestrías y llegué hasta al doctorado en educación. Rodolfo aparentaba apoyarme, pero hoy me doy cuenta de que secretamente envidiaba mi éxito. Cada vez eran más notorias sus infidelidades. El infierno en que vivíamos crecía día con día. Pero yo no veía alguna posible salida. Sólo rezaba día y noche pidiendo al cielo una esperanza.

Observaba con incredulidad mientras mi esposo con mi permiso arrancaba pedazos de mi vida, acusándome de ser una mala esposa, una mala madre, una mala persona. ¿Quería alejarme de la violencia? Claro que quería. Pero no había esperanza. Sin saberlo, creé una conspiración de silencio. Todas las noches rezaba para que esto por fin acabara.

El círculo de la violencia

La mujer es educada para colocar al amor a la pareja como el centro de su vida. Sus máximas metas son encontrar al príncipe azul que satisfaga todas sus necesidades y llenar su existencia formando una familia con base en el sacrificio, la renuncia y la entrega total.

La mujer no fue educada para poner atención a sus necesidades personales. Más bien, se le "entrena" para cuidar, mantener la unión, perdonar, ocultar el maltrato y sentirse orgullosa por hacer que un hombre cambie. Lo cual nunca es posible. Tal vez por eso siempre terminamos cansadas.

¿Acaso la valía de la mujer depende de mantener la familia unida?

De hecho, la misma mujer reprocha a otras mujeres que al buscar poner límites, lleguen a perder la estructura patriarcal tan protegida por ellas.

Estos valores favorecen el desarrollo de sentimientos de culpa, fracaso, dependencia e inseguridad, así como velados comportamientos de sumisión que justifican amorosamente el maltrato y nos motivan permanentemente a dar una segunda oportunidad a quien nos maltrata.

A las niñas no nos hicieron sentirnos capaces y autosuficientes, no nos enseñaron a valernos por nosotras mismas ni a tomar nuestras propias decisiones. Como consecuencia, por defender nuestra posición subordinada, postergamos y olvidamos nuestras necesidades.

Tanto a ti como a mí se nos responsabiliza del cuidado de las relaciones a costa incluso de nuestros anhelos más profundos. El amor romántico aprendido nos vuelve dependientes, siempre disponibles y tolerantes. Sumisas por condición y, de remate, por elección. Haciendo de la resignación, la abnegación y el sacrificio nuestra bandera. Albergando la esperanza infantil de cambiar al otro si logramos ser lo suficientemente buenas.

"Lo malo de hacer sugerencias inteligentes es que uno corre el riesgo de que se les asigne para llevarlas a cabo."

Gene Brown

"El burro hablando de orejas"

Al compartir esta información para impartir el tema en la secundaria, sentí mucha vergüenza. Cada palabra resonaba en mis oídos. Cuando compañeras maestras y madres de familia se acercaban a felicitarme, verdaderamente parecía que me echaran un balde de agua fría. "El burro hablando de orejas", pensaba.

Esa noche regresé a casa pensativa. Al abrir la puerta y ver a mi suegra instalada nuevamente con nosotros, por alguna razón la vi diferente.

—¿Cómo te fue, Estela? Cuéntame. Todavía no llega Rodolfo y podemos flojear un poco.

Como si las horas de trabajo intenso que habíamos tenido no fueran suficientes…

En complicidad le conté la experiencia. Catalina escuchó extasiada. Pero en cuanto Rodolfo entró a casa con cara de pocos amigos, ambas callamos y preparamos la cena. No comentamos nada más sobre nuestro tema.

Sin embargo, por primera vez, a mis treinta y nueve años de edad, tomé consciencia de mi género. Me pregunté qué significaba ser mujer y qué representaba un hombre en mi vida. Más tarde, debido a mi distracción, olvidé subir el vaso con agua que mi esposo siempre me pedía dejara sobre el buró (como lo había hecho cada noche durante casi veinte años).

Rodolfo me preguntó:

—¿Qué ocurre contigo, mujer? ¿Dónde está el agua?

Sólo me atreví a decirle:

—Nada me pasa, sólo estoy cansada… Ve tú por el agua.

Al salir de la habitación, Rodolfo alcanzó a jalar mi cabello.

—¿Qué te pasa, cabrona? —gritó como loco.

Mi hija salió corriendo ante el escándalo y la escena se detuvo.

—Mamá ¿qué sucede? —preguntó Mariana.

—Nada —respondí—. No te preocupes. Estaba por caerme y tu papá trató de detenerme.

—Yo vi como si papá te pegara, mamá —replicó mi hija.

—Viste mal, hija. No tengo nada ¿verdad? —pregunté a mi esposo, quien asintió con la cabeza para complacerme.

Llevé a mi hija a dormir y, por supuesto, como todas las noches, puse el vaso con agua en el buró.

Rodolfo no comentó nada. Pero dejó de hablarme durante tres semanas. Hasta que, preocupada por el ambiente familiar, hice lo que me correspondía: pedí perdón. Rodolfo me abrazó y me dijo ¡que estaba bien! y todo siguió igual.

¿Cuál es el corazón que no llora?

Estaba confundida. No sabía si lo que había vivido era violencia o sólo un malentendido. Seguí investigando sobre la violencia de género para mi nueva clase de formación cívica en la secundaria. En ningún momento pensé que era para mí tal investigación. Leía durante horas. Podía leer hasta siete libros en una semana. Lo hacía con tal claridad y facilidad que, aun conociendo el pobre índice de lectura en nuestro país, pensaba que a todos les ocurría igual. Tal vez esto era parte de mi dificultad, que comparto con mis congéneres, para reconocer nuestros talentos.

El ambiente en casa era cada vez más tenso. Cada vez más obsesiva, yo persistía en mi investigación, sin darme cuenta de que Rodolfo me observaba.

Hay cuatro cosas que no vuelven: la flecha, la experiencia, la palabra pronunciada y la oportunidad

Por ese tiempo se abrió una convocatoria para ser maestros de una institución educativa de mucho prestigio. El sueldo era cuatro veces el que ganábamos juntos.

Ambos llevamos nuestro currículum y seguimos todos los trámites. De cien candidatos sólo entraría uno.

Había mucha competencia, como maestros que hablaban más de dos idiomas. Rodolfo me comentó que las probabilidades de ingresar eran muy pocas.

Pasaron cinco meses y me llamaron para más exámenes. Al fin fui seleccionada como la maestra titular. Rodolfo no me dijo nada, pero su semblante me indicó que estaba muy molesto.

—Ahora sí. A ver cómo te las arreglas para trabajar más, atender a los hijos y cuidarme. Espero que no haya errores. O te sales del trabajo, Estela.

—Claro que no los habrá —contesté, emocionada por el permiso concedido por mi esposo—. Podré con todo.

Y así es, ¡podré con todo! No le quedaré mal a mi marido ni a nadie.

Mi mayor motivación era tener la posibilidad de desarrollarme como ser humano y también destacar como profesional.

Mi diario

Esa noche, casi sin darme cuenta, comencé a escribir un diario.

5 de octubre

Estoy escribiendo la primera página de mi diario. Hoy es mi cumpleaños. ¡Ésta soy yo! Me llamo Estela, tengo 40 años y me dedico a dar clases en una secundaria. He sido elegida como candidata para ser maestra titular en uno de los mejores colegios de la ciudad. Soy una mujer capaz, aunque con dificultades para relacionarme con mi esposo.

Tengo una necesidad imperiosa de siempre estar haciendo algo. Quisiera detenerme, pero no sé estar quieta. No sé estar sin hacer nada. Dejar de hacer. Hacer nada. ¿Qué quiero? ¿Qué deseo soltar? Me siento enojada conmigo misma. No estoy orgullosa de mí. Algunas veces me siento como un zapato viejo y gastado.

Casada por amor, casada con dolor

Conforme pasaba el tiempo, mi esposo constantemente me humillaba y me acusaba de no ser una buena madre. Deseaba que renunciara a trabajar y dependiera económicamente de él. Estaba siempre enojado porque no le encontraba sentido a lo que yo hacía.

—Todo lo que haces está mal. Eres una inútil. ¡Maldita la hora en que me casé contigo! —solía decirme.

—Rodolfo ¿qué ocurre con nosotros? —respondía—. Ya no te tengo miedo y no te permito que me ofendas.

—¿Qué te ocurre? ¿Te estás volviendo loca? Después te quejas de que ando con otras mujeres…

En ese momento escuché un ruido detrás de mí y pude ver a mi hija salir discretamente de la habitación. Sentía una enorme pena por mi hija Mariana, quien ya tenía dieciséis años y lloraba por los rincones cuando nos escuchaba discutir.

Entre mi esposo y yo ya no había amor; se perdieron el cariño, el respeto, el afecto. Continuamente buscaba mis fallos por la casa. Me culpaba de todo a gritos. A veces me insultaba y me despreciaba. Como resultado, mi autoestima se había desmoronado.

> *¡Ya no puedo más! Ya no sé dónde estoy. No soy nada en esta casa. Tengo que hacer algo. Necesito que alguien me escuche. Me siento muy sola. He llegado a pensar que sufro maltrato, pero no quiero creerlo.*

Necesitaba tomar una decisión urgentemente.

¿Qué hacer si mi pareja me maltrata?

No me dejaba tener amistades. Sólo hablaba de sus cosas y eternamente criticaba lo que yo hacía y cómo me vestía.

Frente a mi hija me gritaba que me callara. Me empujaba, se reía de mis problemas, se enfadaba si no le pedía permiso para salir con mi madre. Además, una y otra vez me amenazaba con el divorcio.

Me sentía muy sola con Rodolfo, pues era muy celoso y no me dejaba hablar más de diez minutos con mi familia.

Es muy doloroso vivir así. Pero no estoy tan segura de que eso sea maltrato. Después de todo ¿qué pareja no tiene problemas?

"Se puede admitir la fuerza bruta, pero la razón bruta es insoportable."

Oscar Wilde

Dinámica personal

Plantéate la siguiente pregunta:

* ¿Por qué soportamos vivir sumidos en la indiferencia y el silencio?

Reflexiona en lo siguiente:

La indiferencia y el silencio matan: la indiferencia porque nos borra y el silencio porque nos destruye.

Hay silencios que horrorizan y otros que paralizan. Hay quienes pasan del silencio a los gritos.

También hay un silencio interior, un silencio inútil y un silencio de resistencia.

El silencio en una relación de pareja atemoriza. ¿Por qué alargar la vida de una relación que es pura fantasía?

El silencio dirigido como castigo enferma. El silencio que emana del control hace sentir al otro incapaz, desaparecido. La violencia del silencio es la puerta grande a la depresión.

La violencia del silencio es un mal incalculable. El número de enfermos del rechazo del silencio crece minuto a minuto.

Concluye:

¿Cuáles son tus conclusiones?

_____

_____

_____

¿Qué aprendes de esta dinámica?

_____

_____

_____

Capítulo 5

¿Cómo aprende una mujer a renunciar a sí misma?

"La vida de una niña o un niño es como un pedazo de papel en el que cada experiencia deja una marca."

Proverbio chino

"Nadie te va apreciar si tú no te aprecias"

Querido diario:

Otra vez aquí contigo. Dispuesta a contarte parte de mi vida. Me siento muy mal emocionalmente, presionada y ansiosa. Dramática, agonizante, torturante, rebuscada, horrible y obsesiva es la descripción de mi relación de pareja. No quiero que esos adjetivos describan más mi vida. No sé por qué, pero siento miedo de vivir, miedo de ir a trabajar. Tal vez no debí cambiarme a mi nuevo trabajo. Tendría más tiempo para mí. Para mi familia.

¿Por qué me engaño? Lo que ocurre es que percibo a Rodolfo incómodo. Esto ¿vale la pena? Probaré sólo un tiempo en esta escuela. No entiendo mis sentimientos. Paso mucho tiempo sollozando en un constante estado de perturbación. Estoy arruinando mi vida yo misma al buscar hacer cosas que molestan a mi esposo.

—Hola, mamá. ¿Te sientes mal? Pareces triste —preguntó Mariana.

—No, estoy bien —respondí secamente, sin advertirlo.

Mi hija salió de mi cuarto llorando. Yo no me daba cuenta de su sufrimiento, ¡era tanto el mío! Pensé que era la edad. Nada le pregunté.

Pasaron los días y seguí trabajando en mi nueva escuela. Ya no estaba tantas horas cerca de Rodolfo y cada vez tenía más espacio personal. Podía pensar en lo que vivía y disfrutaba mucho mi tiempo, aunque no lograba dejar de sentirme culpable porque parte de la tarde no estaba con mis hijos y mi esposo. Sin embargo, gozaba tanto con mi trabajo que me sentía tremendamente pecadora.

Tu lugar como mujer es en tu casa, ¡qué ambiciosa, descuidas a tus hijos por tu trabajo! Tu esposo te mantiene, no tienes por qué trabajar. ¿Para qué estudias, para provocar al rato un divorcio? ¿Para qué te habrá servido tanto esfuerzo?

¿A dónde crees que vas?

> *"Todos los triunfos nacen cuando nos atrevemos a comenzar."*
>
> **Eugene Ware**

No me atrevía a comenzar del todo… a vivir. En la nueva escuela recibía un sueldo muy alto, el cual entregaba rigurosamente cada quincena a mi marido, no me quedaba con un cinco siquiera.

Sin embargo, un año después, surgió el problema mayor.

Rodolfo entró a la habitación donde me preparaba para asistir a mi trabajo y me dijo de pronto:

—¿Ya te vas otra vez?

—Tú sabes mi horario de trabajo, Rodolfo —contesté, molesta.

—¡Hoy no vas! —gritó.

—Tendría que avisar entonces...

—Renuncia —insistió mi marido—. ¡Ahora mismo!

—No quiero hacerlo —esta vez no mentí.

Rodolfo se me fue a golpes hasta tirarme al piso. Me arrastró por el cabello y me dejó junto a la escalera, donde me pateó hasta que quiso. Me levanté como pude y llamé a la policía (por fortuna mis hijos estaban en la escuela). Unos instantes solamente y la policía estaba a la puerta de la casa.

—¡Abran o tiramos la puerta! —ordenaron.

Rodolfo salió y, ante mi sorpresa, se hincó gritando:

—¡No me peguen! Fue un accidente solamente.

Blanca Mercado

Me acerqué y vi que, curiosamente, mi marido se había arrodillado ante una mujer policía.

En voz baja, me limité a decir:

—No pasa nada, me equivoqué al llamar.

> ¡Pobrecito Rodolfo! ¡Mira que hincarse ante una policía! Me da mucha pena por él, qué importa mi rostro desfigurado.

Los policías me miraron y en tono de burla uno de ellos dijo en voz alta:

—Como siempre. Más de lo mismo. A alguien aquí le gusta que le peguen. ¡Vámonos! No hay nada qué hacer.

Rodolfo se puso de pie. Me miró y trató de tocar mi cara con mucho cuidado. Yo me retiré bruscamente y subiendo a mi auto pude ver por el espejo retrovisor que lloraba. Tal vez de miedo, tal vez por lástima.

Automáticamente me dirigí a casa de mi hermana menor, Luz Elba. No hubo necesidad de contarle nada. Al mirarme me abrazó, me pasó y me limpió el rostro manchado de sangre.

—Vamos al médico. ¿Pondrás una denuncia?

—No —contesté, sin más explicación.

—Está bien. Como tú quieras.

—¿Me guardas el secreto? —supliqué.

—Cuenta con ello —prometió.

Mi ojo derecho sufrió desprendimiento de retina. El médico cubrió mi herida y hasta la noche llegué a casa. Guardé silencio. Mis hijos no me preguntaron nada, a pesar de los golpes tan obvios. Mi familia tampoco dijo nada, aunque seguramente mi hermana no había cumplido su promesa de callar.

Al día siguiente me presenté a trabajar. Mis alumnas adolescentes también guardaron silencio ante mi rostro deforme por la golpiza.

Silenciosamente, yo era cómplice de la violencia en mi contra.

La mujer sospechosa de complicidad al consentir la violencia

Sentía una mezcla destructiva de miedo, vergüenza, culpa, desesperación, humillación, nostalgia. Sabía que tenía los recursos para poner fin a esa relación y no lo hacía. Justificaba de mil formas el abuso.

En secreto, dudaba de si merecía ser libre y feliz. Estaba tan asustada ¿lo has estado tú?

Una compañera de trabajo a quien llamaban "More", la maestra más amable y juguetona de la escuela, fue la única que tuvo el valor de decírmelo a la cara:

—¿Hasta cuándo, maestra?

—No entiendo —contesté.

—¿Hasta cuándo? O ¿quiere que le crea lo del accidente? No sea mensa, maestra. Nadie se tragó el cuento. ¡Qué lástima, tan bonita e inteligente… pero tan mentirosa! No con nosotros, maestra. ¡Tan mentirosa con usted!

Sentí las palabras como golpes en mi cabeza. Pero, si bien las oí, mi ser completo no las escuchó. Esto que parece tan extraño es una realidad. Para muchos es sencillo poner un alto. Para muchas, sencillamente no es creíble.

Regresé por la tarde a casa, donde mi marido estaba llevándose todos los muebles en una camioneta. Al acercarme, Rodolfo me miró y me dijo:

—¡Ya no te amo! Me voy… Me llevo todo. ¡Te dejo a los hijos!

Yo no sabía qué hacer. Abracé a mis hijos, pues Mariana parecía morir de tristeza. Rodolfo y su madre se alejaron en su camioneta. Faltaba mucho para la próxima quincena y no tenía dinero, se lo había entregado a Rodolfo. Así que a la mañana siguiente, sin siquiera darme tiempo de llorar, acudí con el director de la secundaria y le expuse mi situación.

Tenía mucho miedo de perder mi trabajo. Pensé que abriendo mi corazón mi jefe entendería y me apoyaría. Por fortuna, no fue así. Después de escuchar la historia sobre los golpes y el abandono, don Jorge, sin expresión alguna, sólo me respondió:

—Estela, si realmente quieres conservar tu puesto, hay una cosa que puedes hacer.

Esperando el consuelo paternal, lo miré atenta.

—¡Trabaja! Si no, te corro. ¿Quedó claro?

Salí disparada de la oficina del director. No sabía si llorar o trabajar más, y opté por lo segundo, ya que estaba segura de que don Jorge no había sido conmovido con mi historia.

Rodolfo no contestó más el teléfono por varias semanas. Pedí dinero prestado a mi madre, quien se negó. Tenía muchos gastos. En realidad, no quería que yo viera fáciles las cosas. Lo que menos deseaba era un divorcio en la familia. En varias generaciones no había tacha alguna de mujeres divorciadas.

Es más, la palabra divorcio no se pronunciaba en el seno familiar. Lo único que recordaba es que los divorciados eran del diablo. Recordé que en una ocasión, cuando apenas habría cumplido doce años, una hermana de mi madre conoció a un hombre divorciado. Todos se molestaron y la internaron por dos años en un convento para que se purificara, según decía mi abuela Mariquita.

Como pude, sobreviví con lo poco que junté de dinero con mis hijos. Al llegar la noche me refugié en mi viejo diario. Esta vez escribí:

11 de septiembre

Querido diario: mañana tendré que preparar mejor mis clases. Rodolfo no ha querido contestar mis llamadas. Observo a mis hijos tranquilos. Yo estoy muy asustada. Esta mañana, al trasladarme al colegio, me di cuenta de que la llanta de mi auto estaba desinflada. Me eché a llorar como una niña. ¿Cómo diablos se cambia una llanta? Un vecino me auxilió y salí adelante. Cosas tan pequeñas me hacen sentir acabada.

Hoy estoy muy triste. Creo que he llegado a mis límites. No sé lo que quiero. Me siento esclava de las necesidades del otro y descubro que desconozco las mías. ¿Sabes? Quisiera esconderme bajo la tierra hasta que aparezca una respuesta. No soy feliz, quisiera dejarlo todo. Elijo mostrarme ciega, sorda y muda. Me siento tan distante, indiferente, vacía y enojada...

Sin darme cuenta, me quedé dormida sobre mi diario, buscando con la mente un poco de esperanza.

Tomando las riendas

Así pasé todo un año de intenso trabajo, en el que aprendí a dirigir mi casa. Don Jorge, mi jefe, me mandó llamar. Me ascenderían de puesto a coordinadora académica. Mi sueldo sería increíble y podría hacerme cargo de los gastos de mi familia. Rodolfo no se hizo responsable de nada durante todo este tiempo. Veía a los hijos una vez cada dos o tres meses y les presumía lo bien que se sentía. En cuanto a cumplir con sus obligaciones de manutención de ellos, jamás dijo nada.

More se había convertido en mi gran amiga. Salíamos a comer y entablábamos largas charlas tratando de entender a nuestros hombres.

Justo cuando cumplí año y medio de separada, cuando comenzaba a disfrutar mi libertad, Rodolfo llamó a mi puerta, me pidió perdón y ¿qué crees? Lo dejé regresar a la casa como si nada. Mis hijos no opinaron.

> *Seguramente, esto que estoy haciendo es lo correcto. Después de todo, es mi marido.*

Por supuesto, con él regresó su madre. Pocos días después de haberse instalado, por mi suegra me enteré de que se había enredado con otra mujer llamada Alicia. Pero yo ya no quise saber de más infidelidades. Lo perdoné setenta veces siete y con ello me aferré más a la religión, en la que encontraba cimientos para seguir tolerando en el nombre de Dios.

¿Cuáles son tus secretos?

Miércoles 25 de marzo

Hoy estoy en mi cama triste y pensativa. ¿Estoy haciendo bien? ¿Cómo llegué hasta aquí? ¿En qué momento me perdí? Me veo en medio de la nada, sola, con mucho miedo. Yo quería una pareja. Una pareja, no un verdugo. ¡Qué tristeza! ¿Qué hago? ¿Hice bien en dejarlo volver a casa? ¿Fue un error?

Tengo que concentrarme en la relación más maravillosa que es posible tener: la relación conmigo misma. Pero ¿cómo?

En la tarde fui a comer a casa de su madre. Al entrar, Rodolfo me recibió con la pregunta "¿Trajiste los aguacates?" Confundida, contesté "¿A qué te refieres?" "A que debías traer unos aguacates para el ceviche, te haya hablado mi madre para pedirlo o no." No respondí. Salí de la casa sin comer, me parecía absurdo lo que había escuchado.

Me dolió la sensación de impotencia. Estoy cansada de vivir con miedo a reaccionar. ¿Estoy dispuesta a pagar el precio de ser yo? Me siento como en un campo de concentración.

Te quiero mucho, Estela.

Tenemos un serio problema, de los que no se resuelven con el silencio

Como consecuencia del éxito de los temas de formación cívica y ética, ahora, ya como directora, participé en un evento importante dando una conferencia masiva titulada "El amor no duele", donde afirmaba:

> *"Cualquier relación que cause dolor a una de las partes es destructiva, sin importar cuán cariñosa parezca. Nadie merece ser maltratado. Una relación que hace daño es una relación enferma. Lo más peligroso de una relación destructiva es permanecer en ella. Para una relación destructiva se necesitan dos, el que abusa y el que se deja."*

> *Y yo me pregunto ¿estaré viviendo una relación enferma? En verdad, no sé cuál es la respuesta.*

Le dije a Rodolfo que no volvería a permitirle que me hablara como lo hacía, ordenándome o regañándome. Me contestó que él me hablaba como quería. Igual que siempre, no logramos comunicarnos.

Sólo fue una pelea más.

Dejamos de hablarnos durante meses, lo cual me molestaba cada vez menos. Era incómodo pero ¿por qué debería ser siempre yo quien hablara? Sentía un peso sobre mis hombros. Rodolfo representaba un terrible peso para mí. No quería más una relación de control.

Aun así, varias veces intenté reconciliarme con él, pero siempre me rechazaba. Me decía que mejor siguiéramos sin hablarnos. Cada quien su vida. Sentí asco y lástima por mí. Quería enfrentar las cosas de manera diferente, sin miedo, pero no daba el paso.

Mi hija me comentó que pensaba que su padre tenía otra mujer. Tampoco quise escucharla.

Ya no iba por Mariana a la escuela como lo hacía antes. Para mí, eso significaba más presión. Su aportación a la casa se reducía constantemente.

Yo me esforzaba por cubrir todos los gastos, sintiéndome siempre tensa y cansada.

"El violento multiplica las peleas, el arrebatado comete una y otra vez fallas.

Si eres orgulloso, la vida te humillará más de alguna vez.

Si eres humilde, alcanzarás honores."

Proverbio 29 (22-27)

Dios me dice que debo confiar. Pero ¡me siento tan lejos de Él! Prometo ser mejor. Lo prometo todos los días. La meta es estar en paz y armonía.

Me pedía dinero para casi todos los pagos. Yo se lo entregaba con tal de no molestarlo. Sentía que si Jesús había sufrido en la cruz, yo también podría hacerlo.

> *Cuando Rodolfo se enoja y me deja de hablar, me siento castigada, me duele el alma.*

Jesús disfrutaba los momentos a solas. Es más, los buscaba. Casi obligaba a sus discípulos a que lo dejaran solo para orar.

> *Debo aprender a disfrutar el estar sola pero ¿cómo?*

Dinámica personal

Plantéate la siguiente pregunta:

* ¿Cómo seguir si ya no somos felices?

Reflexiona en lo siguiente:

De tantas parejas que conoces, te aseguro que muchas están juntas sólo por no convivir consigo mismos, por miedo a estar solos. No viven felices.

Los seres humanos somos capaces de anularnos con tal de no volver a la soltería. Permanecemos en una relación de pareja por necesidad y dependencia. Debido a factores culturales, entendemos la soledad como algo muy negativo, y pensar así es señal de un problema de dependencia emocional. Tendemos a engañarnos y no reconocemos que no sabemos qué hacer con nuestra libertad.

Concluye:

¿Cuáles son tus conclusiones?

_____

_____

_____

Blanca Mercado

¿Qué aprendes de esta dinámica?

_____

_____

_____

Capítulo 6

Zona
de atención

Cuando el alumno está listo...

Pensaba en silencio sobre el tema de la conferencia que impartiría a un grupo de mujeres y me sentía envuelta en una tormenta de ideas cuando Mariana entró a mi habitación.

—¿Qué haces, mamá?

—Preparo mi presentación. ¡Estoy tan emocionada!

—¿Puedo ver?

Mi hija se acercó confiada, pero, sin tener muy claro por qué, yo sentí vergüenza… Sobre la mesa había un periódico que decía:

> *10 de enero de 2001. Una mujer murió asesinada en Palma de Mallorca con uso de fuego. El agresor, después de impregnarla con una sustancia combustible, le prendió fuego causándole quemaduras que se extendieron por el 90% de su cuerpo.*

Mi hija terminó de leerlo en voz alta y me preguntó:

—¿Por qué lees esta noticia, mamá?

—Precisamente el tema de la conferencia es la violencia de género.

—¿Qué se puede hacer? —me interrumpió.

—Algunas mujeres, hija, sufren un maltrato atroz por parte de sus parejas.

—¿Alguna o todas? —volvió a interrumpir.

—¿Por qué lo dices así?

—Porque me asusta vivir lo mismo cuando sea adulta.

—No, hija, eso no te va a pasar a ti.

—¿Cómo lo sabes?

—Yo no lo permitiré. ¡Yo cuidaré de ti!

—¿Y de ti, mamá? ¿Quién cuida de ti?

Mariana salió de la habitación dejándome callada. ¿Qué quiso decirme? No pude comprenderla y tampoco quise preguntar.

Yo no aceptaba ser inferior, ni ser consideraba dependiente, pasiva ni conformista. Sentía que con mi trabajo aportaba cimientos a mi familia. Consideraba que hacía un buen papel como madre y abnegada esposa. Conforme investigaba más sobre el tema me percataba de que ya no sólo era necesario exponer para una materia o una conferencia a padres de familia. Se trataba de penetrar en la angustia de una mujer violentada. Se trataba de dar a conocer el drama y de compartir la manera en que una mujer se desmorona al ser víctima de una relación destructiva.

—¡Ayúdame! ¿Por qué no me respondes?

Desperté muy asustada. Sólo era una pesadilla. Eran las tres de la mañana y hasta ese momento me di cuenta de que mi marido no había llegado a dormir. No era la primera vez, y seguramente haría lo mismo, "hacerse el molesto y fingir indiferencia". Estaba cansada del círculo que se repetía una y otra vez.

De pronto pasó por mi mente la escena de la mujer del sueño. Bofetadas, empujones, golpes, pellizcos, amenazas, insultos, aislamiento, silencio. Todas manifestaciones de violencia. ¿Incluía el silencio? Justo en ese momento Rodolfo pasó por la habitación y sin mirarme ni dirigirme la palabra se fue a otro cuarto.

Seguí repasando en mi mente: los comportamientos de las mujeres maltratadas son muy difíciles de comprender. ¿Por qué las mujeres soportan tantos años de violencia? ¿Por qué no piden ayuda? ¿Qué les impide salir de la situación? ¿Por qué justifican y solapan el maltrato? ¿Por qué vuelven con la pareja agresora? ¿Qué les pasa? ¿No tienen dignidad?

> *Conclusión: tengo que hacer algo para ayudarlas, pero me temo que, como siempre, tendré que ir a dormir sin respuestas.*

A la mañana siguiente, Cecilia, otra maestra de la secundaria, se acercó misteriosamente y casi susurró.

—Maestra, encontré un caso para ti.

No sabía hasta dónde había llegado el interés por mi investigación. En los dos años que tenía de conocer a Cecilia, era la primera vez que hablaba de algo profundo conmigo.

—Por favor, Estela, ve a este domicilio y platica con la familia.

Tomé el papel recortado sin forma y lo guardé en mi bolso. Cecilia se alejó a paso muy lento, perdiéndose entre los árboles del hermoso colegio. Parecía nerviosa y a la vez ansiosa porque conociera a esas personas.

Tuve un día lleno de citas para recibir a los temibles adolescentes. Aunque resultaba increíble, ellos hacían cita con mi secretaria para que simplemente los escuchara. Había establecido una increíble conexión con ellos, lo que aumentaba la excelencia de mi trabajo.

Saliendo de clases después de la comida, al tomar las llaves de mi auto encontré el papel con el domicilio que la maestra Cecilia me había entregado. Sin pensarlo, decidí ir.

Era una colonia sencilla, llegué buscando a María de los Ángeles. Me recibió un joven que dijo llamarse René. Me confirmó que era hijo de la mujer que buscaba. René, quien se veía muy triste, me invitó a sentarme en una silla sostenida en una de sus patas por una piedra. La casa olía a mugre. El joven se acomodó a mi lado, como esperando que tomara la batuta de la conversación.

—Vengo de parte de la maestra Cecilia… —no terminé la frase.

—Sí. Sí. Le contaré todo, maestra...

Guardé silencio y el joven continuó con dificultad.

—El 19 de marzo llegué a casa con mis cuates. Al entrar, justo ahí —señaló un espacio del cuarto—, encontré a mi madre con las manos atadas. Mi madre vivía en unión libre con Esteban desde hace seis años, lo trajo a vivir a casa con nosotros. Ni mis hermanos ni yo estábamos de acuerdo, pero yo soy el mayor y apenas cumplí trece años el mes pasado. Aban, como le decía mi madre, la golpeaba mucho. Y con el tiempo le trajo a otras mujeres y sostenía relaciones sexuales con todas al mismo tiempo en este mismo cuarto. Yo tomaba a mis hermanos y les gritaba que se taparan los ojos y procuraba distraerlos. Pero no siempre podía. Esa noche mi madre le reclamó que sacara a la otra, Lucía; mi mamá la golpeaba pues le tenía celos. Esteban se reía y me dio rete harto coraje, saqué a mis tres hermanos a la calle y los llevé con mi abuela que, aunque siempre está tomada, no tiene hombre que le pegue.

"Cuando regresé intenté ayudar a mi madre. Lucía me dijo: 'No llores, contigo no es la bronca, a ti no te voy a golpear'. De pronto Aban salió con una cerveza en la mano y, sin que pudiera detenerlo, comenzó a golpear a mi madre en la cara. La golpeó toda la noche. Lucía me amarró a la silla y sólo se reía. Aban nos insultaba por parejo. Hasta que de pronto, en una de esas, me quedé dormido y cuando desperté Aban estaba todo lleno de sangre.

"Los problemas no eran porque Esteban trajera mujeres a casa, sino porque él era muy celoso. Unos días antes la había acusado de hablar de más con el vecino. Le dicen el picapiedra. Decía que visitaba mucho a mi madre.

"Esteban la mató, señorita. Con unas tijeras. Mientras yo dormía. Como pude me solté de la Lucía y pedí ayuda. Pero mi madre ya estaba muerta."

Nos quedamos en silencio durante unos minutos que para mí fueron horas. Me despedí y prometí ir a visitarlo. Parecía que haber escuchado a René sin hacer juicios nos dio una profunda conexión espiritual.

Pensé en hablar con Cecilia, pero preferí no hacerlo. Me dolía el cuello como si mi cabeza estuviera a punto de desprenderse.

Llegué a casa. Suspiré y entré a la misma, esperando tener un mejor semblante.

Mi familia estaba sentada a la mesa y mi suegra, ya instalada en una de sus tantas visitas, servía la suculenta cena.

Rompiendo el silencio, Rodolfo me dijo:

—Vamos, mujer, ¿qué te pasa? Estás trabajando demasiado. Siéntate a cenar. ¡Te invito al cine!

Mis hijos celebraron con gusto la ocurrencia de su padre y en complicidad dijeron:

—Vamos, mamá, dile que sí a tu novio.

Sólo asentí con la cabeza.

Mi suegra hizo una mueca de desgano. Pero en voz alta dijo:

—Ustedes diviértanse, que para eso estoy aquí. Yo ya estoy vieja. Me duele todo. ¡Si pudiera ir al cine!

Eso bastó para que Rodolfo prefiriera traer una película para verla juntos en la sala como la gran familia. No pude concentrarme en la trama un solo instante. Terminando la escena familiar me fui a dormir. Mi marido me besó y me recordó cuánto me amaba. Apenas alcancé a sonreír.

Liberarse interiormente

A la mañana siguiente, lo primero que hice fue buscar a Cecilia. Platicamos largamente sobre la experiencia y me atreví a preguntar.

—¿Por qué me enviaste a esa casa?

—¿No te has visto, Estela? Cuando hablas del tema te apasionas. Pensé que, como no eres psicóloga, te serviría conocer casos más reales. Ellos necesitan de una voz como la tuya, Estela.

Me había quedado con tanta información en la mente que decidí seguir investigando. El reto consistía en descubrir qué es lo que yo quería hacer. ¡Estaba tan acostumbrada a dejar que los demás tomaran mis decisiones! Por fin había encontrado algo que me apasionaba, que me pertenecía y esta vez estaba en mi interior.

Solía reírme de mí misma al recordar lo mucho que me divertía recorrer la casa de mi abuela e imaginar cómo sería vivir en ella sola. Desde pequeña me causaba placer pasar largas horas leyendo y hablando conmigo misma. Tal vez por ello hasta la fecha no tengo miedo a quedarme sola; más bien, a defraudar a mis padres con un fracaso matrimonial.

Nunca me había detenido a investigar a la persona que realmente era. ¿Podría cuidar de mí misma como lo hacía con los demás? Por supuesto, podía cuidarme mejor que nadie. Pero nunca había considerado esa posibilidad.

30 de marzo

Querido diario: cuanto más investigo sobre el tema de la violencia de género, más me confunde mi papel al respecto.

"No existe una relación destructiva en que no intervengan dos partes." El gran absurdo de la sociedad es pensar que el problema es sólo de quien ejerce la violencia. ¿Cómo puedo ayudar a las mujeres?

¿Vivir piensa por siempre o cree que no irá a la fosa un día? Pues bien, verá que los sabios se mueren, que igual perecen el necio y el estúpido, y dejan para otros su riqueza. Salmo 49:8-10,11

Dios me ha dado la respuesta. ¿Qué deseo acumular en esta vida? Al final, cuando uno muere, la fosa es la misma. Por más adornos que la tumba tenga.

Me siento más tranquila.

¿Quiénes son mis enemigos: el miedo, la ira, la culpa, la depresión, la victimización?

Hasta pronto, mi libro amigo.

Mi diario se volvía cada vez más sabio. Hubiera sido bueno haberlo leído con el alma. Algunas veces escribimos sin saber que es oro puro lo que dejamos en un trozo de papel.

Revisaba el caso de la madre de René, la mujer llamada María de los Ángeles. Esa mujer muerta frente a su hijo, cansado de llorar. Muerta a manos del hombre que amaba.

Quería algo más que sólo juzgar. Compadecerme o sentir lástima. Quería respuestas. Así que, por primera vez, decidí acudir a un psicólogo. Quizás alguien preparado podría darme más información sobre la conducta humana. Pensé en el maestro Michel, quien era experto en psicodrama, técnica terapéutica bastante sencilla y rápida para obtener respuestas. Así que decidí buscarlo el día siguiente.

Descansaba leyendo plácidamente cuando llegó mi esposo a la habitación.

—Te veo extraña. ¿Qué tanto haces? Terminaste tu doctorado en educación. ¿Qué más buscas con la nariz metida en tus libros?

—Tienes razón, Rodolfo, en estar molesto. Te he descuidado. Pero ¿sabes?, me encuentro en un proyecto muy interesante. Estoy preparando una conferencia…

Pero Rodolfo estaba absorto en la televisión que acababa de encender.

—Estoy preparando una conferencia sobre la posibilidad de que las vacas vuelen —comenté en tono de burla, buscando verificar si me escuchaba.

—Perfecto. Es un tema muy profundo —contestó, sin dirigir su mirada a otro lado que no fuera la pantalla—. ¡Goooooooooool!

El tremendo grito me permitió dedicarme a otras actividades sin culpa alguna.

Darte cuenta

Muchas víctimas del maltrato viven esperando que su agresor cambie. Viven convencidas de que la enfermedad de la violencia únicamente está en el otro. Martin Luther King encabezó un movimiento masivo en el que la lucha consistió en simplemente dejar de colaborar con el agresor y no en atacarlo.

Observó que ellos mismos colaboraban al permitir la violencia, en lo que él llamó la "conciencia del oprimido".

King decía:

- Quien acepta el mal pasivamente está tan mezclado con él que ayuda a perpetuarlo.

- El que acepta el mal sin protestar colabora con él.

- Cooperar pasivamente con un sistema tan injusto hace al oprimido tan malvado como al opresor.

- Es cobarde aceptar pacientemente la injusticia.

- La opresión ejercida por el tirano, muchas veces sin que éste advierta ni reconozca el mal, dura tanto tiempo como lo acepten los oprimidos.

La chicharra de la escuela puso fin a la clase de formación cívica.

Y sólo una alumna se acercó a consultarme.

—Maestra ¿cómo saber si eres víctima del maltrato?

—¿Por qué lo preguntas, Dania?

—¿Cómo? —insistió Dania, ansiosa.

—Mira, te muestro un test que encontré, que puede darnos una idea.

¿Te persigue todo el tiempo?

¿Te acusa de ser infiel?

¿Te tortura con sus celos?

¿Te cri tica por detalles pequeños?

¿Te humilla delante de otras personas?

¿Minimiza tus logros?

¿Destruye tus pertenencias?

¿Te pega, empuja, patea, muerde?

¿Te amenaza?

¿Te obliga a tener sexo?

Dania tomó la hoja como si hubiera encontrado un mapa de un tesoro.

—¿Puedo llevármela? —preguntó cuando la hoja ya estaba guardada entre sus cosas.

—Supongo que sí —sonreí mientras ella salía del salón satisfecha.

La terapia

Esa tarde tenía cita con el terapeuta Michel, un anciano regordete y simpático. Me esperaba a la entrada del salón de asistencia psicológica del colegio. Era el coordinador de orientación a los adolescentes.

—Pasa, Estela. Te esperaba. Eres muy puntual como siempre en tus citas.

—Gracias, maestro Michel. Esta vez es una consulta no para mis adolescentes. Es para mi trabajo en la conferencia que estoy preparando. Sucede que…

Michel no me dejó terminar.

—Sólo pasa, mujer. No des tantos rodeos, ya me contó Cecilia.

—¿Por qué los hombres son violentos con las mujeres? ¿Cómo llega el hombre a absorber los patrones sociales que usa en sus relaciones?

—Desde pequeño el hombre aprende a dar órdenes, otorgar permisos y asignar castigos —explicó Michel, invitándome a sentarme junto a él.

—Todo esto es visto con admiración y respeto por la mujer, quien se siente inferior —añadió.

Tiene poder en el hogar cuando no está el hombre. Pero cuando está éste, ella acepta órdenes, debe satisfacer necesidades y servir a los demás. Es vista con poco valor a pesar de que aporta mucho. Si aspira a los mismos derechos del hombre, es mal vista.

Me sentía perdida en la conversación. Deseaba asimilar la mayor cantidad de conceptos posibles. No sé cuántas horas pasaron de la increíble charla, pero cuando salía de la escuela el sol emprendía su descenso.

Había pasado varias horas preparando el tema y sentía que faltaba mucho. Pude darme cuenta también de que no quería regresar a casa. ¿Deseo regresar? Mejor no me lo cuestiono pues sé que la respuesta es negativa.

Rodolfo me esperaba a unos pasos de mi auto, de pie, observándome.

—Llamé varias veces a tu oficina —su mirada resbalaba por mi cuerpo— y decidí venir a buscarte. ¿Te molesta?

—Para nada —respondí y sentí su vista de nuevo en mi rostro.

> *Se acerca a darme un beso. Ya nada en mí vibra. Es una sensación de vacío interno. Ruego a Dios que él no lo perciba.*
>
> *Rodolfo me ofrece la mano para ayudarme a subir al auto. Termina la amarga escena en la que me di cuenta de que ya no lo amo.*

Hubiera querido preguntar directamente cuál era la razón o la emergencia que lo obligó a ir a buscarme. Sin pensarlo, dije:

—Gracias.

Me sorprendí al verlo sin inmutarme más.

El amanecer me encontró durmiendo sobre mi cama nuevamente. Rodolfo me abrazaba. ¿Habíamos dormido abrazados? No quería moverme para no despertarlo. Deseé poder desprenderme sin que lo notara. Estaríamos una eternidad unidos. Pero la vida para mí, terminaba. Sin saberlo deseaba la muerte.

Me guiñó un ojo.

—¡Has cambiado tanto! —miró el reloj. En casa se escuchaba el silencio—. ¿Quieres que te prepare algo de desayunar? ¿Estás despierta?

—Debo irme a trabajar.

En ese momento supe que el tiempo me regalaba sensaciones nuevas. El amor que un día había sentido se convirtió en hastío.

Salí casi corriendo de la habitación.

Más tarde, otra vez se acercaba la hora de ir a casa, pero mi alma pedía otra cosa. Mi teléfono sonó varias veces.

Únicamente quería olvidar el daño causado por el tiempo en una relación que ya no me gustaba.

> **"Una palabra aguda hiere más que un arma afilada": dicho popular**

Rodolfo llegó de madrugada nuevamente cuando ya estaba dormida. Entró a la habitación azotando la puerta.

—¡Ya llegué! ¿Qué hay de cenar?

—No me parece que llegues gritando —contesté.

—¡Sabes que me molesta que no me atiendas! No piensas que vengo cansado de trabajar.

—Yo también trabajo.

—Sí. Ya va a salir tu cantaleta —habló imitando mis movimientos—. Sobre todo ahora que te sientes muy chingona porque ganas más que yo.

—Jamás he dicho eso —intenté calmarlo.

—¿Por qué siempre me tienes que hacer enojar?

—¿Por qué te enojas? Como ya era tarde pensé que no llegarías a cenar. No lo hice para fregarte.

Rodolfo se notó más molesto.

—Tu obligación es esperarme a la hora que llegue. ¡Sólo me faltaba que mi vieja no me atendiera!

—No te permito un grito más —le dije.

Rodolfo alzó la mano para amenazarme con una bofetada. Y esta vez, a diferencia de otras, di un paso hacia adelante.

—¡Nunca más! —le dije.

Ambos sabíamos de qué hablábamos.

Rodolfo salió de la habitación y se fue a dormir al cuarto de televisión.

Nadie comentó el incidente la mañana siguiente.

El cambio de un estado amable a otro violento ya no me sorprendía.

Cuando el alumno está listo, el maestro aparece

—¿Cómo se relacionaban tus padres, Estela?

— Yo no estoy en terapia —contesté, a la defensiva.

—Claro. Pero creo que es justo que respondas ahora tú.

—Pues era una relación de mucho control entre ambos —dije de forma automática.

—¿Violenta?

—Sin palabras.

—Cuando te casaste, ¿qué expectativas tenías de lo que debía hacer él y lo que debías hacer tú?

—Debo irme. Déjamelo de tarea, Michel.

Salí sonriendo de la oficina con nuevos libros para estudiar y más ideas revoloteando en mi agitada cabeza. Michel se había convertido en un asesor muy eficaz que me ayudaba a estar más preparada para la esperada conferencia magistral del colegio.

Dinámica personal

Plantéate la siguiente pregunta:

* ¿Cómo saber cuándo una relación adquiere tintes de violencia?

Reflexiona en lo siguiente:

A lo largo de la historia se ha tolerado e incluso motivado a la violencia como forma de resolver tensiones. Sufrimos violencia cuando no nos valoramos. Cuando nos hacen creer que nuestra opinión no es importante. Cuando nos callan. Cuando utilizan un lenguaje sexista frente a nosotras. Cuando nos dicen que no podemos salir adelante solas y lo creemos.

En este proceso de socialización, las mujeres aceptamos reglas sin cuestionarlas. La violencia contra la mujer es un fenómeno complejo. No deberíamos adaptarnos tan fácilmente a la violación de nuestros límites.

Concluye:

¿Cuáles son tus conclusiones?

_____

_____

¿Qué aprendes de esta dinámica?

_____

_____

Capítulo 7

Sí hay esperanza

¿Cuál es tu historia?

14 de abril

Querido diario:

Cuando una mujer está envuelta en una relación destructiva experimenta un mar de sentimientos: miedo, vergüenza, culpa, confusión, desesperación, rabia, humillación y nostalgia. Es necesario que llegue a la conclusión de que merece ser feliz y libre.

Al leer este cúmulo de información, me doy cuenta de miles de cosas. Ya faltan sólo tres meses para la conferencia. Fue tanta la aceptación por parte del colegio que se ampliará el cupo en el auditorio, pues los boletos están agotados. Es increíble el apoyo que recibo para mi trabajo. Estoy emocionada.

Sin advertirlo, me había alejado de mi amiga More. Cada vez pasaba más tiempo investigando sobre el tema. Pero esa mañana no aguantó más y me reclamó.

—¿Qué paso, se te subió el puesto o qué? —preguntó con su peculiar acento norteño—. No se vale, ¿dónde está mi amiga? ¿Qué tanto investigas?

—More, debo compartir contigo un material muy interesante. ¿Quieres leerlo? Es sobre la conferencia del mes de diciembre. No sabes, estoy impactada con el tema.

—Déjame ver (parecía decir "No quiero saberlo").

—¿No te gusta? —pregunté, insegura.

—Me encanta, manita —era una forma extraña de expresarse para ser la maestra de español, pero More era así.

—¿Entonces?

—Deberías escribir un libro.

—More, deja de soñar —repliqué, avergonzada—. ¡Aterriza! Es sólo una conferencia.

More era una mujer divertida. Tendría la misma edad que yo, sólo que se veía más grande, tal vez por el sobrepeso. Tal vez porque, según me contó, había sufrido mucho.

Estuvo casada 23 años con un hombre que de pronto la abandonó por su joven secretaria.

—Esperan mucho de ti, sobre todo don Jorge —continuó mi amiga.

Hablamos toda la tarde y por cuestiones de tiempo no pude compensar a More con un cafecito.

Trabajamos juntas en el proyecto y nos sentíamos como dos niñas emocionadas.

Cuéntame todo

Michel siempre me sorprendía con sus preguntas.

—¿Cuál es tu historia? Acabas de leer historias de relaciones destructivas de varias mujeres y lo que aprendieron. Ahora, tómate tu tiempo y escribe tu historia. ¿Qué te ha traído hasta aquí? ¿A quién implica tu historia? ¿Qué te ha hecho ser quien eres? ¿Cuántas experiencias malas y buenas has vivido? Revisa tu historia tú misma. ¡Ya sé que no estás en terapia! Sé tu propio terapeuta. Luego revisa lo que has escrito y deja que haga su efecto.

Parecía no importarle mis respuestas.

—¿Qué te hace pensar que tienes respuestas? ¿Por qué debes ser tú y no otra persona la que imparta la conferencia?

Y proseguía:

—Durante años trabajé como terapeuta en un hogar de acogida con más de 500 mujeres que vivían violencia intrafamiliar. ¿Sabes qué descubrí?

—¿Qué? —en verdad no quería saberlo.

—Que tienen un valor y una fuerza increíbles. En ese centro había más mujeres valientes que hombres valientes en la historia. Además, aprendí que los abusadores, al igual que las personas que sobreviven al abuso, también pueden pertenecer a cualquier clase económica, social, racial o educativa.

"Muchas mujeres prefieren la certidumbre de la desdicha a la desdicha de la incertidumbre. Y tú, Estela, ¿estás creando tu destino? ¿Estás lista para ser responsable? No me contestes, deja que te cuente algo que leí no sé dónde hace un tiempo.

Una mujer que buscaba la sabiduría encontró en la India a un gurú y le preguntó qué debía aprender para ser sabia. El gurú la escuchó y después de un silencio le pidió que abandonara la civilización por un tiempo. "Yo iré a buscarte", le dijo. La mujer se retiró a una cueva en una montaña. Para hacer más intenso su trabajo, se quedó en ayuno durante una semana.

Como prometió, el gurú la buscó. Antes de llegar a ella, tomó una vara del suelo y al acercarse la golpeó por todo el cuerpo. La mujer gritaba y lloraba. La golpiza terminó y el gurú se fue en silencio. Una semana después volvió a buscarla. Esta vez la mujer se sentía más preparada. El gurú se acercó, tomó una vara y comenzó a golpear a la mujer sin parar. Esta vez ella guardó absoluto silencio. No soltó una sola lágrima. La golpiza se detuvo y el gurú partió en silencio.

Una semana más tarde la mujer reflexionaba. Vio al gurú venir, tomar una vara y acercarse, pero antes de que diera el primer golpe, ella detuvo su mano gritando con fuerza "¡Basta!". El gurú sonrió y sólo le dijo "Has aprendido lo único que te faltaba. De ti depende permitir o no el abuso, mujer".

"En efecto, ésta es la mejor enseñanza, Estela."

¡Qué feliz me siento por haberme encontrado un poco más conmigo misma! Tal vez sería bueno tomar una terapia personal. Pensaré en ello.

Pero sólo lo pensé por unos instantes, después lo olvidé.

No eres una víctima

—Gozo de libre albedrío. No puedo considerarme una víctima. He tomado decisiones a lo largo de mi vida, algunas de las cuales no han sido acertadas. Pero son mis decisiones. Comienzo a darme cuenta —lo comentaba a Cecilia.

—Es fácil decirlo —contestó en tono de burla—. ¿Por qué no volviste a visitar a René, el hijo de la mujer que murió a golpes a manos de su esposo? ¿Te dio miedo? Hoy tengo cita con otra familia. ¿Quieres acompañarme?

—¿Por qué lo haces tú?

—¿Hacer qué? —sonó molesta.

—Ir a torturarte.

—¿Vienes? —parecía ignorarme—. Prometo contarte el porqué de regreso.

Pensé que reuniría valioso material vivencial para mi trabajo. Subí a mi auto y manejé hasta donde Cecilia me dijo.

Apenas nos estacionamos cuando escuché unos gritos salir de una finca cercana. Una mujer desnuda y sangrante corría hacia mí y me abrazó con fuerza.

—¡Ayúdeme, señora. Ayúdeme! —gritó.

Cecilia la cubrió con su abrigo. Un hombre maloliente salió subiéndose los pantalones.

—¿Qué pasa? ¡Llama a la policía, Cecilia! —grité.

En esos momentos pasó una patrulla. En unos segundos se montó toda una escena en plena calle.

La llorosa mujer era apenas una jovencita no mayor de veinte años. La acompañamos a su casa, donde todo estaba destrozado. Mientras tanto, al tipo se lo llevó la patrulla. En un rincón, un pequeño de tres años lloraba inconsolable.

—Mamita... mamita... —repetía el pequeño con dificultad.

La mujer parecía haber regresado del shock nervioso y abrazó a su hijo. Cecilia le dio un poco de agua de un vaso que estaba sobre la mesa.

La muchacha comenzó a hablar sin darse cuenta:

—Estaba con mi hijo cuando tocaron a la puerta. Era el padre de mi chamaco. Se llama Pablo. Abrí, me tiró al suelo y me dijo "vengo a cogerte, hija de la chingada". Yo le dije que no podía hacerme eso. Él cerró la puerta por dentro y con seguro. Empezó a forcejear y arrancarme la ropa y hasta a quitarme la toalla, ya que ando enferma. Me decía "ahora vas a coger conmigo" y empezó a desnudarse, me abrazaba, forcejeaba y me golpeaba, pues yo no quería. El bebé despertó con los gritos y se echó a llorar. Pablo me insultó en todo momento e insistía "te voy a coger viva o muerta". Yo le gritaba que no, que me dejara en paz. Me puso la navaja en el cuello y yo intenté ir hacia mi hijo pero alcanzó a agarrarme del pelo y me dijo "los voy a matar, a ti y al niño. A toda tu pinche raza". Mi bebé sólo lloraba. En eso se distrajo y salí corriendo por la puerta hasta ustedes.

Cecilia fue quien continuó la plática. Yo estaba impactada.

—La policía lo va a soltar a unas cuadras. ¿Qué puedes hacer?

—Nada, señitos. Nada.

Intervine.

—¿Qué necesitas, muchacha?

—Es mi marido, señito. Necesito volver a nacer. He tratado de huir. Pero mis padres me dicen que es mi cruz, que yo quería casarme. Me he escapado varias veces. Apenas tenía tres meses que encontré esta casa. Quién sabe cómo dio conmigo.

Después de calmarla salimos del cuarto de vecindad y Cecilia me comentó.

—Ya es muy tarde para ir con quien veníamos. Mejor vámonos.

> La verdad, no aguanto la cabeza. Nunca más quiero volver por aquí.

¿Cómo aprendimos las mujeres a renunciar a nosotras mismas?

Así como los hombres aprendieron a ser violentos, a las mujeres nos enseñaron a renunciar a nosotras mismas. Culturalmente estamos programadas para sentirnos culpables de todo. La mayoría provenimos de hogares donde se niega la realidad, los deseos y los sentimientos.

Cuando las mujeres aprendemos a darnos a nosotras mismas lo que necesitamos, también adquirimos la capacidad de satisfacer nuestras necesidades antes o a la par de las de otros. Si las mujeres no cambiamos la manera en que nos tratamos, apenas sobreviviremos como lo hemos hecho hasta ahora.

Cada vez me sentía más emocionada y comprometida armando la conferencia.

> *Sigmund Freud decía que la negación es uno de nues-*
> *tros principales mecanismos de defensa. Cuando la*
> *mente se siente amenazada, la información simple-*
> *mente desaparece para que no tengamos que enfren-*
> *tarla. Justificamos las razones del abuso para poder*
> *seguir manteniendo la relación.*
>
> *La negación surge en la infancia, por ejemplo, en ca-*
> *sos en los que las niñas viven en hogares donde impe-*
> *raba el abuso sin oportunidades de marcharse, pues*
> *dependían totalmente de esa familia. Esto hace que*
> *al crecer utilicen el mismo mecanismo para terminar*
> *sin saber por qué no son felices.*

—El abuso es abuso. No debería permitirse nunca —pensé en voz alta.

Cuando niña había recibido suficiente información que dictaba que para tener "éxito en la pareja" debería asumir el papel de la mujer feliz que satisface a su compañero e hijos.

"Siento que no lo merezco. Siento que no merezco casi nada"

Mis pensamientos fueron interrumpidos cuando recibí del vigilante de la escuela un oficio donde resultaba asignada para asistir a un curso de superación con una mujer llamada Karmina en la Ciudad de México. Sería durante toda una semana.

Sentí miedo por la simple pero grandiosa noticia. No podía dejar a mi familia por un curso de superación. Le había prometido a Rodolfo no estudiar más. Esto me costaría mi matrimonio. Así que sin dudarlo acudí a mi director y le informé que había decidido no ir. A lo que don Jorge dijo:

—¡Haz tus maletas, sales mañana!

Regresé a casa y mi marido veía televisión. Serví la cena y hablé con mis hijos del viaje. Me felicitaron. A diferencia de lo que yo pensaba, mi marido me dijo que estaba bien.

Me sentía apenada por haber dudado del amor de Rodolfo. Si bien era un poco machista, me amaba.

Me acompañaron al aeropuerto. Y por primera vez salí de viaje sola.

Al llegar al hotel le llamé a Rodolfo para decirle cuánto lo amaba.

Contestó amable, con un "échale ganas". Pero, conforme fue pasando la semana, Rodolfo se escuchaba más cortante. Un día antes del regreso me dijo:

—¡No te creo! No creo que estés en un viaje de trabajo. No te puedo creer —y colgó.

Marqué desesperada y Rodolfo no contestó más. Me la pasé llorando. De regreso del aeropuerto, me esperaban mi esposo y mis hijos. Como si nada. Me sentí confundida. Cuando estuvimos solos, hablé:

—¿Qué pasó?

—No puedo controlarme. Estoy celoso. No hagas tanto tango y duérmete.

No pude dormir toda la noche.

El camino de una mujer

En el camino del éxito hay una falsa idea difundida de que para triunfar hay que regañar, ridiculizar, amenazar, gritar y ser prepotentes. El ideal capitalista es la figura de un hombre dominante y competitivo a la par de una mujer sumisa y bella.

En nuestra sociedad existe el falso concepto de que la agresividad es fuerza. Nos escandalizamos con las tradiciones salvajes de otras culturas que practican la mutilación de genitales en las niñas. Olvidamos que son otras mujeres, las madres y las abuelas, las que las practican.

Una mujer consciente de sus derechos y su valía jamás podrá ser sumisa.

No podía creer lo que leía. En poco tiempo había aprendido muchísimo y tenía grandes deseos de compartir ese aprendizaje con alguien más. Decidí investigar sobre las teorías existentes sobre la agresión a la mujer y encontré lo siguiente.

Una consiste en que el hombre que golpea a la mujer es un psicópata. No parece un estudio muy serio, dada la cantidad de casos que se presentan en nuestra sociedad.

Un segundo punto de vista se basa en que es la mujer trastornada quien atrae sobre sí la agresión, permaneciendo de forma autodestructiva junto a su hombre.

Un tercer enfoque corresponde a la teoría del ciclo de la violencia y la indefensión aprendida propuesta por Leonore Walker, y que se basa en un aprendizaje de sumisión desde la infancia; no sabe actuar para defenderse. Se espera que las niñas sean pasivas y los chicos agresivos. La violencia contra la mujer es consecuencia de la desigualdad de género.

Una cuarta teoría es de Karen Landenburger, quien definió las etapas de la violencia de pareja como sigue.

Etapa de entrega: al momento de formar pareja una mujer busca una relación positiva y significativa. Proyecta en su compañero cualidades que ella desea que él tenga. Si él la maltrata, tiende a justificar sus actos, y a creer que él terminará el abuso si ella logra satisfacerlo.

Etapa de aguante: la mujer se resigna a la violencia. Posiblemente intenta fijarse en los aspectos más positivos de la relación, para minimizar o negar el abuso. Modifica su propio comportamiento como un esfuerzo por alcanzar algún nivel de control sobre la situación (por ejemplo, saliendo temprano del trabajo, evitando visitar amigas o evitando hacer algo que podría ser motivo de enojo en su pareja). Se siente culpable en parte por el abuso y trata de esconder su situación a las demás personas. Se siente atrapada en la relación y sin posibilidad de salir.

Etapa de desenganche: la mujer comienza a darse cuenta de su condición de mujer maltratada. Una vez que logra poner nombre a su experiencia, puede buscar ayuda. Ahora quizá se sienta desesperada por salir, pero puede temer por su vida o la de sus hijos e hijas. Su miedo y su enojo llegan a impulsarla a querer salir de la relación, proceso que requiere a veces varios intentos antes de conseguirlo exitosamente. La mujer comienza a reconocer actitudes y comportamientos de su pareja como actos de violencia, y en consecuencia puede mostrar rechazo hacia cualquier actitud de éste (positiva o negativa), y mostrarse intolerante a cualquier acercamiento que venga de él.

Etapa de recuperación: el trauma de la mujer no termina con salir de la relación. Normalmente pasa por un proceso de duelo por la pérdida de la relación y una búsqueda de sentido de su vida. Intenta entender lo que su compañero le hizo y, por otro lado, busca explicaciones sobre las razones que le hicieron quedarse en la relación todo ese tiempo sin arribar a una clara conclusión.

Estas lecturas provocaron que me sintiera cada vez más tensa, enojada y confundida. Sentía que lo que buscaba era transmitir todos estos conocimientos sobre una situación terrible. Pero ¿sería yo la persona adecuada?

Dinámica personal

Plantéate la siguiente pregunta:

* ¿Por qué justificamos el abuso?

Reflexiona en lo siguiente:

En esta guerra no hay delito aparente. Porque la misma víctima lo solapa. ¿Quién merece ser lastimado? Al maltratador lo justificamos y a la víctima la humillamos. Debemos hacernos a la idea de que la verdad nos hará libres. La mentira y la falsa apariencia sólo nos confunden.

Concluye:

¿Cuáles son tus conclusiones?

_____

_____

_____

¿Qué aprendes de esta dinámica?

_____

_____

_____

Capítulo 8

Eso nunca ocurrió

"No hay miel sin hiel."

¿Por qué a mí? ¿Qué he provocado para vivir este infierno? ¿Por qué debo seguir en una relación destructiva, si no quiero?

No estoy preparada para el fracaso. ¿Cómo salvar esta relación? ¿Debo salvarla? ¿Cómo provocar el amor de Rodolfo? ¿Cómo convencerlo de que me respete, de que valgo? ¿El divorcio no es una opción para mí?

Todos estos cuestionamientos no me permitían vivir en paz. Pasaba horas llorando. No sabía qué hacer. Siempre soñé con la familia feliz. Con amor. Con mis hijos. Tal vez si me esforzara un poco más…

De pronto escuché un grito desesperado de mi hija.

—Mamá… ¡ayúdame!

Salí corriendo a buscarla. Estaba en cama llorando.

—¿Qué te ocurre?

—Soñé que morías.

—No te preocupes, Mariana. Estoy bien.

—Tengo miedo —balbuceó—. No quiero ser como tú.

—¿Como yo?

De momento se tranquilizó.

—Una mujer que vive con violencia.

—No, hija… No serás como yo.

Salí sin fuerzas de la habitación con deseos de volver el estómago. Lloré varias horas en el baño. No quería verme al espejo. Sentía vergüenza.

Ignoro cuánto tiempo estuve sola. Pero cerca del amanecer salí de mi habitación sin rumbo. Subí a mi auto y cuando me di cuenta, desperté en un hospital.

—¿Qué ocurre? —pregunté al médico que tenía frente a mí tomando mi mano.

—Lo sentimos, Estela —sabía mi nombre y yo no sabía siquiera dónde estaba.

—¿Qué ocurre?

Vi el rostro de Rodolfo desencajado. Mis padres y hermanos afuera de la habitación.

—Detectamos un tumor en tu útero. Es muy grande y ejerció mucha presión en tu vientre. Perdiste el sentido. Por fortuna sólo golpeaste un muro. Un automovilista pidió ayuda. Así nos dimos cuenta de tu problema. Es cáncer.

—¿Es grave? —pregunté con miedo.

—Sí lo es. Lo siento.

Rodolfo y mis padres me abrazaban. Era algo extraño, pero yo me sentía profundamente tranquila.

—¿Cuánto tiempo? —pregunté.

—Unos meses. Tal vez dos o tres. Haremos una operación tratando de extirpar el tumor. El problema es que se han dañado otros órganos. Haremos lo posible.

Hasta que la muerte nos separe

Mi vida conyugal se volvió rutinaria, aburrida. Nada complacía a Rodolfo. Del hastío al abuso de palabra y del insulto a los golpes. Todo lo justificaba. Tal vez la tensión del trabajo, tal vez yo no era suficientemente buena. Ahora todo eso no importaba.

—¿Qué piensas hacer, hija? ¿Aviso a tu escuela?

—No, mamá. Seguiré asistiendo a trabajar. La operación no me incapacitará mucho tiempo. La conferencia es hasta diciembre. Sólo acompáñame a hablar con mi hija.

En ese momento mi padre me abrazó y me dijo entre sollozos:

—Perdón, hija.

Sentí mucho coraje.

—¿Perdón de qué? ¿De las golpizas a mi madre como entrenamiento? ¿De tus gritos y ofensas? ¿De tus órdenes constantes? ¿De haberme enseñado a ser una mujer sumisa?

Antes de terminar de hablar, ya me había arrepentido de hacerlo, pero disfruté al decir lo que había callado. Rodolfo ni se me acercó.

Muerte cercana

Debo confesar que no me había dado cuenta de la extraña felicidad que me producía mi muerte cercana. No hasta que mi hermana Luz Elba me lo hizo notar.

—Tú quieres morirte, Estela. Mírate al espejo. Te ves muy feliz. Qué cobarde eres, hermanita.

—Estás... —no terminé la frase, pues tenía razón—. Así lo quiso Dios.

—¿Dios o tú?

—Soy prepotente cuando creo que todo gira a mi alrededor. No es muy sensato. Sólo hago lo que me toca.

—Lo que te toca es vivir... ¿qué dirás en esa mentada conferencia? Ya encontré cómo salir de la violencia doméstica, muriendo de cáncer —aplaudió burlándose de mí—. Me das lástima.

> *Las mujeres viven un mar de confusiones que les impiden ver con claridad qué es lo que está sucediendo. En mi caso, ¡cuántas veces he pensado que, de haberlo hecho mejor, mi pareja no se habría enfurecido! Que había entendido mal y era yo quien actuaba mal. Que era tan sensible que hacía grande cualquier comentario de mi esposo. Era yo quien lo hacía enojar...*
>
> *He perdido tantas cosas, empezando por mi espontaneidad. Mi marido me presiona siempre y soy tan frágil si él no me aprueba. Pienso que lo mejor de mi vida está en otro lado, pero no me animo a hacer nada al respecto.*

Mis hijos lo tomaron muy bien. Aferrarme a la voluntad de Dios me facilitaba el trance. Aprovechaba al máximo el tiempo para preparar el mensaje que quería dejar a otras mujeres. Rodolfo, a distancia, sólo observaba.

Octubre

Querido diario:

Estoy a unos días de mi operación. Mi hemoglobina es muy baja. Nada me importa. No tengo miedo. No se mueve la hoja de un árbol sin la voluntad de Dios.

Esta noche tuve un sueño muy extraño. Dios padre me decía "¿Para qué sufres? Te prometí una señal, te he dado varias. Empieza a escuchar ahora. Busca tu paz interior y después vendrá lo que deba venir. Siento tu corazón latir cuando te alejas de mí. Jamás te dejaré de cuidar".

Me siento feliz. Tengo paz.

Ya me confesé, comulgué y estoy asistiendo a la oración a un templo. Ya he perdonado y me siento mucho mejor.

Quiero el divorcio

Estoy a unas horas de la operación. Me siento tensa y feliz. Me doy cuenta de una fuerza interior que no había descubierto en mí. Ahora sé lo que deseo.

Rodolfo habló conmigo justo antes de entrar al quirófano y con lágrimas en los ojos me pidió perdón.

—Rodolfo, hay algo que quiero pedirte. Si salgo viva de esta operación… ¡quiero el divorcio!

Él no contestó. Seguramente pensó que era a causa de la anestesia.

Fue una operación de ocho horas. Al abrir los ojos el médico tomó mi mano y me dijo:

—Vivirás, Estela. Vivirás. Todo salió bien. ¡Es un milagro!

—Lo prometo, doctor… Esta vez viviré.

El médico no entendió lo que quería decir, pero yo lo sabía y era lo importante. Me recuperé más pronto de lo esperado. Unos meses y ya estaba ordenando mis cosas. Mi relación con mi hija era cada vez mejor. Rodolfo y su madre me observaban como analizándome.

Estaba lista para regresar al trabajo. Esa mañana yo misma llevé a mis hijos a la universidad. Regresé, tomé una exquisita taza de café y sólo después busqué a mi marido.

Estaba terminando de ponerse la corbata cuando le pregunté:

—¿Podemos hablar?

—¡Claro! Lo he pensado bien, Estela, y creo que si tú cambias y eres más comprensiva, nuestra relación podría…

—¡Quiero el divorcio! —lo interrumpí.

—Está bien.

Salí de la habitación victoriosa. Me había dado permiso de hacerlo. De pedir lo que deseaba y de actuar como realmente quería.

Cuatro meses después regresé a mi colegio, donde me esperaba una fiesta de bienvenida. Mis amados adolescentes y mis maestros amigos exclamaban "¡Bienvenida, Estela, te queremos!".

Fue un regreso espectacular.

Dinámica personal

Plantéate la siguiente pregunta:

* ¿Por qué seguimos repitiendo patrones de conducta hasta la muerte?

Reflexiona en lo siguiente:

Erradicar la violencia de género es a la vez sencillo y complicado. No se necesita mucha experiencia para saber cuándo una mujer sufre violencia intrafamiliar. ¿Cómo podemos despertar la conciencia sobre este problema?

Como decía Gandhi "Lo malo de la gente mala, es el silencio de la gente buena".

Concluye:

¿Cuáles son tus conclusiones?

_____

_____

_____

¿Qué aprendes de esta dinámica?

_____

_____

_____

Capítulo 9

¡Ya basta!

Me equivoqué con el mandamiento "Amarás a tu prójimo como a ti misma", pensando que decía "en vez de a ti misma". Debo confesar que una cosa es plantear el tema y otra muy distinta es vivirlo.

Esa simple frase no alcanzaba a expresar toda la fuerza contenida. La llamada y mal entendida "tolerancia" que me generaba una intensa carga interior. Parecía que en mi vida, aguantar tenía su recompensa.

Aguantar

¿Cómo no percibí que estaba aguantando tanto? Como si fuera natural soportar creyendo que es lo correcto. Se llegó a convertir en un hábito insostenible en mi vida.

Me convertí en la fiel representante del "sexo débil", del sexo sin opinión. ¿Cómo cerré los ojos tanto tiempo a pesar de que tenía claro lo que me molestaba? ¿Por qué seguía en una relación que yo sabía que no me hacía feliz? ¿Cómo el dolor se volvió incuestionable para mí?

El hábito invisible de aguantar de las mujeres

Seguía leyendo documentos que acumulé para preparar la conferencia. En uno de ellos decía:

Características generales que suelen exhibir los abusadores:

1. Algunos abusadores tienen un bajo nivel de tolerancia, un temperamento explosivo y cualquier incidente menor desata su agresión.

2. A menudo, mantienen varias relaciones superficiales con diferentes personas, al mismo tiempo.

3. Culpan por sus propios problemas a los demás, o al mundo, a la vida o a una situación particular.

4. Limitan a la víctima económicamente.

5. Necesitan de personas sumisas que se sometan a su voluntad.

6. No se comprometen afectivamente.

7. No se hacen cargo del daño que causan.

8. No tienen consideración ni sienten ni demuestran empatía por otros.

9. Pueden parecer amables, educados y compasivos en público, pero ser crueles, sarcásticos e irónicos en privado.

10. Se obsesionan por revisar las pertenencias de las víctimas o invadir su privacidad.

11. Son demandantes. Ordenan o exigen, no piden ni toleran que sus necesidades no sean satisfechas.

12. Son muy inseguros, excesivamente posesivos y celosos. Tienen una fuerte necesidad de controlar a los demás o de restringir los derechos y la libertad de otras personas.

13. Tienen expectativas que no son realistas. Viven fuera de la realidad.

14. *Tienen una alta capacidad de engañar a los demás y de engañarse a sí mismos.*

15. *Tratan de aislar a la víctima de todo tipo de contacto humano, con sus familiares, sus amigos, sus compañeros de trabajo u otras fuentes de información.*

Pero ¿cómo son las víctimas?

Contrario a las creencias populares, las víctimas de abuso emocional no suelen ser personas débiles. La mayoría son fuertes, capaces de soportar presiones y agresiones constantes, pero con una autoestima debilitada debido a la continuidad del maltrato psicológico que han sufrido. Son receptoras de la agresión y la frustración de un abusador, sin merecerlo. Hay víctimas que tienen un grado de tolerancia más alto al abuso que otras. El problema principal del grado de tolerancia "alto", es que las víctimas se acostumbran a soportar una relación abusiva durante demasiado tiempo, mientras que quienes tienen un grado de tolerancia más bajo tienden a resistir mucho menos tiempo en ese tipo de relación.

Las razones por las que una persona establece una relación con un abusador son muchas, entre ellas, la falta de conocimiento suficiente acerca de la otra persona, la falta de información y conocimientos sobre las relaciones saludables y las relaciones no saludables, así como su situación particular en un momento dado de su vida.

Las víctimas presentan algunas de las siguientes características:

- *Son inseguras o muy ansiosas.*
- *El abusador las hace dudar de su criterio o juicio personal.*
- *Suelen ser muy dependientes en los aspectos afectivo, emocional y económico.*
- *No sienten que merecen ser respetadas como seres humanos.*
- *No hacen valer sus derechos.*
- *No son conscientes de que permiten que el abuso suceda.*
- *No creen ser capaces de triunfar por sí mismas.*
- *No imaginan la vida sin depender de los demás.*
- *Piensan que pueden cambiar al abusador.*
- *Planifican su vida en torno a otras personas, no de un modo independiente.*
- *Tienen expectativas que no son realistas.*
- *Tienen una personalidad sumisa o sobreprotectora.*
- *Sienten la necesidad de ser controladas (o "protegidas") por otros.*
- *Son excesivamente tolerantes y condescendientes.*
- *Se engañan a sí mismas pensando que algún día, "mágicamente", el abusador cambiará.*
- *Se culpan a sí mismas por los problemas ajenos, o culpan al mundo, o a la vida, o a una situación particular, de lo que les sucede en el presente.*
- *Suelen tener problemas para poner límites y decir "No".*
- *Dan por sentado que lo que dicen los demás es "ley".*

Las víctimas de abuso emocional no son "masoquistas", no disfrutan en absoluto ser maltratadas y tampoco tienen la culpa de que un abusador las maltrate emocionalmente. Por ello, es importante que se informen bien acerca de qué constituye un abuso de este tipo y con qué herramientas pueden contar para recobrar su confianza personal.

Me quedaba claro. Tendría que conseguir toda la información necesaria para compartir en la esperada conferencia. El tiempo era muy importante y me sentía comprometida a dar lo mejor de mí en ella. Y ¿por qué no?, descubrir que YO era la persona adecuada para hacerlo.

Huele a divorcio

Pero ¿cuál sería el primer paso para salir de una relación abusiva? Sobre todo sin recaer en lo mismo. ¿Habría un método? Decidí reflexionar con más profundidad sobre el espinoso tema.

Octubre

Querido diario: Le he pedido el divorcio a Rodolfo. Aparentemente, él lo tomó con calma. Al llegar a casa no me dirigió la palabra. En la mesa no había un lugar para mí. Decidí cenar en la recámara. Mi hija me trajo la cena para compartir conmigo. Hablamos de mi primer día de vuelta al trabajo. Todos sabemos que está pasando algo en casa, pero ninguno nos atrevemos a tocar el punto. ¡Huele a divorcio!

Dicen que en mi casa se oyen gritos

Doña Esperanza, una vecina muy metiche, se acercó para preguntarme morbosamente:

—¿Qué pasa en su casa? Se oyen gritos.

—No sé de qué habla —contesté, apenada y acelerando el paso.

¿Cómo se rompe el silencio? ¿Quién puede poner palabras en mi boca que no sean robadas por el viento? Pareciera que todo el mundo sabe mi verdad menos yo.

Cuando me casé, creí haber encontrado al príncipe azul. Sus arranques de celos y violencia me halagaban. "No debo preocuparme, él me quiere", pensaba para acallarme yo sola.

Tú no oyes, pero miles de voces femeninas gritan, sin que nadie actúe. Nadie tiene derecho a destruir mi dignidad. No sé por qué lo he justificado tanto tiempo.

> *No sé qué me pasa. Di el primer paso y ahora se trata de un divorcio. ¿Cómo he aguantado tanto? Conozco el dolor de los golpes y el olor de la sangre en mi rostro. Pero él es mi marido. Mi gran amor.*

He vivido aislada, controlada, humillada, golpeada, ciega, sorda y muda. Escondiendo mi vergüenza.

¿Por qué me conformo con tan poco? ¿Cómo volver a ser una persona digna? Quiero esconder las cicatrices de mi alma. ¡Cómo duelen!

Tendré que olvidar.

Dinámica personal

Plantéate la siguiente pregunta:

* ¿Por qué no actuamos antes para evitar tanto dolor?

Reflexiona en lo siguiente:

¿Crees que la violencia son golpes? No te engañes. No justifiques el maltrato. Quien maltrata no sabe amar. No confundas el maltrato con amor. No cierres tus ojos ante el abuso.

Concluye:

¿Cuáles son tus conclusiones?

_____

_____

_____

¿Qué aprendes de esta dinámica?

_____

_____

_____

Capítulo 10

La cosificación de la mujer

"En una relación de pareja destructiva la mujer se convierte en una cosa."

Octubre

Querido diario:

Los discursos nos dicen que somos dueñas de nuestro cuerpo y deseos, pero seguimos esforzándonos para ser deseadas. Pensamos en cómo me ven y no en cómo me siento. Con esto no quiero decir que la vanidad sea mala; es mala cuando nos determina y nos dice quiénes somos, y a veces, aunque suene deprimente y horroroso, cuánto valemos.

Tengo que hacer algo al respecto.

Si por algún momento pensé que sería fácil terminar la relación con sólo pedir el divorcio, me equivoqué. No era así. Los abogados de mi aún marido llegaron varias veces a presionarme.

Busqué un abogado para apoyarme y conseguí los datos del licenciado Francisco Jiménez, quien había ayudado a otras mujeres en iguales condiciones.

—Necesito que me redactes tu historia con lujo de detalles, Estela. Para preparar la demanda.

—Me parece increíble que esté pasando por esto. Además de entrar en un proceso incómodo debo revelar mi intimidad. Eso es cruel.

—Así tiene que ser, Estela. Lo siento mucho.

Salí de su oficina enojada y con ganas de no continuar. Llegando a casa sentí un profundo deseo de hablar con mi madre y así lo hice.

—Mamá … la estoy pasando muy mal.

—No sé qué decirte… tal vez no es el momento adecuado… pero, hija —su voz se escuchaba entrecortada—, tu padre no quiere que marques más a casa. Yo quisiera poder ayudarte pero…

—No te preocupes, madre. Te entiendo. Gracias por decírmelo. No te causaré más problemas.

No di tiempo a que contestara, colgué, me encerré en mi habitación y ahogada en llanto perdí sentido del transcurrir de la noche.

El día siguiente –por fortuna sábado– mi hermana Luz Elba llegó a casa con provisiones.

—Te traje comida, hermana.

Quería gritar que no la quería. Pero no lo hice, sólo respondí "Gracias".

Pasé toda la tarde con ella hablando de mil cosas. Al quedarme sola tomé una hoja y comencé a escribir lo que el abogado me pidió. Mi historia. Recordé esas vacaciones en las que Rodolfo accedió a tomar un viaje en un pequeño yate. A la hora de comer, no le gustó la sopa que sirvió el mesero en nuestra mesa, por lo cual gritó exasperado en contra del empleado. Se me ocurrió pedirle que se calmara, a lo cual respondió lanzando el contenido del plato sobre mi ropa. Por un momento perdí conciencia de lo que vivía. Al reaccionar, el mesero me veía con compasión y los otros pasajeros, impactados, trataban de no hacerme sentir más incómoda. Mi esposo regresó al hotel en una lancha dejándome en medio de la escena sin un cinco. No sé cómo salí del momento.

Cuando me encontré con él en el cuarto del hotel, hice lo que correspondía: pedí perdón. Volvimos en silencio de unas vacaciones muy similares a otras más durante nuestro matrimonio.

Mientras escribía, sentía que mis heridas se abrían de nuevo. Nunca imaginé cuánto dolor estaba inmerso en mi sangre. La misma sangre que corría por mis venas y que tantas veces manchó los puños de mi marido.

Sigo trabajando, asistiendo a terapia, ahora para sentirme mejor yo, y cuidando de mi hija. Pero ¿quién cuidará de mí?

¿Por qué la mujer pone su confianza y seguridad a cargo de otros?

Por el momento no tenía respuestas.

Mis padres y varias de mis amigas se alejaron de mí con el divorcio. Me cansaba de escuchar todo el tiempo:

—¿Te quedarás sola? Eres una loca. Todas las divorciadas son unas putas.

Mis amigas, mi familia, las otras mujeres en el trabajo me consideraban peligrosa para su matrimonio. Ahora también recibía violencia de otras mujeres como yo.

Sentía que las mujeres nos obsesionamos con tener un hombre en nuestra vida.

Para intentar agradarle, para que nos felicite y reconozca, tal vez para sentir que es papá quien nos reconoce. Lo importante es recibir cualquier cosa parecida al amor.

¿Será que las mujeres le tememos a la soledad? ¿Por qué las mujeres no nos necesitamos a nosotras mismas? ¿Por qué no dejar de buscar mitades? ¿Por qué no sentirnos completas tal como somos?

> *Pienso juntar mis dos mitades, la golpeada y la que comienzo a ser ahora. Tendré que aprender a elegirme para sanar mi parte lastimada. Soy un ser completo. Ya no permito el castigo en mi vida. Me acepto completa.*

Me comprometo conmigo misma a tratarme bien, a no castigarme más, a desarrollar el cien por ciento de mi potencial, a no buscar fuera lo que poseo en mi interior.

Me comprometo a casarme conmigo misma.

Autosabotaje femenino

Secretamente, mi ex marido seguía siendo mi héroe. No quería que ningún hombre se me acercara. Ponía de pretexto a mi hija.

Tal vez no era el momento de pensar en una nueva pareja, era yo quien tenía que curar mis heridas y carencias. Una nueva pareja no es la solución de estos problemas.

Tendría que aprender la forma de amarme, valorarme y quererme. Yo merezco ser amada y comenzar una vida con esperanza.

Idea falsa del amor

Tenía demasiados preconceptos sobre el amor. Definitivamente, había visto en mi ex marido algo que no era. Tendría que aprender a dejar de ser mamá y maestra de mi ex.

Llegó el momento de la sentencia del divorcio. Fueron meses de estrés y dolor, pero ya era un hecho. Por fin llegó ese día 20 de octubre.

> *¡Ya estoy divorciada! No puedo creerlo. Tendré que aprender a vivir con el divorico.*

No esperaría más. Había que empezar a amarme más a mí misma. Romper la historia falsa del príncipe azul.

Tendría que amarme más, repitiéndolo incesantemente hasta convencerme de ello. Parecería sencillo amarnos a nosotras mismas, pero no lo es.

Dinámica personal

Plantéate la siguiente pregunta:

* ¿Cuándo llega el momento de poner límites?

Reflexiona en lo siguiente:

¡El dolor del divorcio!

Uno de los pasos más difíciles que una mujer tiene que dar es poner límites. Cuando la opción es el divorcio, el sentimiento que se experimenta es intenso, sea cual sea la razón de la separación. A muchas se les viene el mundo encima. Las invaden sentimientos encontrados, entre ellos culpa y confusión.

Muchos se esfuerzan por explicar ¿por qué duele tanto el divorcio? Sobre todo cuando la relación era tan destructiva.

Concluye:

¿Cuáles son tus conclusiones?

_____

_____

¿Qué aprendes de esta dinámica?

_____

_____

Capítulo 11

Desórdenes afectivos en la mujer

El poeta inglés Tennyson lo expresó muy bien:

El hombre para el campo, la mujer para la población.
El hombre para la espada, ella para la aguja de tejer.
El hombre con la mente, la mujer con el corazón.
El hombre para mandar, la mujer para obedecer.

Haber sobrevivido a estas enseñanzas no había sido nada fácil. Son muchas las decisiones que las mujeres hemos tomado para lograr los cambios que estamos viviendo. Pensaba en mis decisiones. Las decisiones que yo he vivido. Las decisiones que como la nueva Eva he tomado.

¿A qué le llamas amor?

Me sentía cada vez más fuerte, como cuando una mañana lo vi salir por última vez de casa. Unas horas después sus abogados me llamaron por teléfono. Exigían el divorcio en su nombre. Me amenazaban veladamente con quitarme lo poco que había dejado, a lo cual, por supuesto, me negué. Sería un abogado quien me asesoraría sobre qué era lo mejor y lo que legalmente me correspondía. Es un error considerar que por ceder en todo la situación sería más sencilla.

Seguí trabajando intensamente y esa tarde hice un paréntesis para acudir con el maestro Michel a mi tradicional cita.

Pero esta vez fue diferente.

—Estela ¿qué ocurre?

—¿Por qué? —pregunté con la esperanza de recibir un halago.

—Te ves feliz…

No pude evitar reír como hacía tiempo no lo experimentaba. Efectivamente, me sentía muy feliz. Rompí el silencio.

—Necesito terapia.

—Pero si tú no crees en la terapia.

—Necesito ayuda profesional —pretendí ignorar su comentario—. Estoy en un proceso de divorcio.

Ahora fue el sabio anciano quien necesitó sentarse.

—¿Estás segura?

—Lo estoy. ¿Puedes ayudarme?

—Con gusto. Me pregunto si tu investigación sobre la violencia de género te llevó a esto.

—Tú lo sabes.

"Todos lo sabían menos yo", pensé.

—Cuenta conmigo, Estela. ¿Cómo quieres comenzar?

—¿A qué le llamas amor? —pregunté con entusiasmo.

—Para muchos el amor es una carrera. Una lucha por ser el más fuerte. Un dulce, un reto.

—¿Por qué fracasamos en el amor?

—Puede haber muchas razones. Una de ellas es que idealizamos. El amor implica muchos componentes. La segunda causa es que elegimos mal. Nos dejamos llevar por el enamoramiento, no pensamos. El amor implica, entre muchas otras cosas, preguntarnos hacia dónde vamos.

—¿Por qué no preguntamos?

—Porque no queremos escuchar respuestas. No queremos darnos cuenta. Creemos que el amor lo va a cambiar. Debemos atender las señales. Te pongo un ejemplo. Salen a comer y él te deja pagar la cuenta. Pero para ti es importante que un hombre no sea tacaño. ¿Cuál es el problema?

—Que no escuchamos las señales.

Michel negó con la cabeza.

—Que vuelves a salir con él… ¿Quién te ha dicho que puedes cambiarlo?

—Tienes razón. Falta preguntarnos ¿por qué estaría con esta persona?

—Exacto… Pero cuéntame ¿cómo te sientes?

—Confundida, asustada, en un caos. Quiero ser sincera. No estoy segura de que esto sea correcto.

—¿Te sientes culpable?

—Mucho. Pienso que estoy mal.

—¿Te avergüenzas?

—Sí. He fracasado.

—Aceptar a la persona tal como es tiene sus límites. Hay amores peligrosos.

—¿Cómo detectar que una relación puede volverse o se está volviendo peligrosa?

—Cuando hay maltrato y seducción en la misma proporción.

—¿Cómo es esto?

—Cuando hay mentiras. Insensibilidad, poder, control y, al mismo tiempo, un trato encantador. Hay una sensación de vacío. El uso de máscaras. Actitudes contradictorias que confunden. Las personas que abusan tratan a la pareja como objeto.

—Parece que describes mi relación. Pero también me entendía, en un principio parecía amoroso y complaciente.

—A veces lo más difícil es reconocer que tienes un problema por resolver.

—Lo tengo, Michel.

Dejé el consultorio con muchas inquietudes. No tenía más energía para seguir escuchando.

Lo que no nos contaron del amor

Todavía hoy, muchas mujeres piensan que el amor es entrega absoluta e incondicional y se mantienen en un segundo plano, confundiendo amor con renuncia.

Estas creencias forman parte de la mentalidad de muchas mujeres sin que apenas se den cuenta, las consideran como algo natural y socialmente aceptable.

Odiaba todos esos textos que leía. ¿Por qué nunca me contaron qué era el amor?

Me hicieron creer que era la mitad de una naranja. Que la vida sólo tiene sentido cuando encontramos la otra mitad.

No me contaron que nacemos enteras. Que nadie en la vida merece cargar sobre su espalda la responsabilidad de completar lo que nos falta. Me convencieron de que sólo hay una fórmula para ser feliz, la misma para todos, y los que escapan de ella están condenados a la marginalidad. Llegué a equivocarme, frustrarme, a quedar sin aliento y sin alternativas.

Y seguí leyendo y aprendiendo, lo que ahora comparto contigo.

El mito de la media naranja

Tenemos arraigada la idea de que en el amor para ser feliz es necesario hallar "la otra mitad", con la cual estaríamos completos y plenos.

No confundamos lo que es sentirse y estar junto con otro a "fundirse" con ese otro y terminar confundiéndose en el otro.

Para la mujer, el amor de pareja suele representar el eje central de satisfacción, llegando incluso a considerarse que se trata de la fuente "natural" de satisfacción femenina.

Para el hombre, el amor no suele ser la única fuente de satisfacciones ni tampoco el lugar reconocido socialmente como de dominio masculino.

Pensar que el "verdadero amor" consiste en "fundirse uno con el otro" aparece mucho más en el imaginario femenino que en el masculino.

¿De dónde viene eso de querer cambiar al otro que no quiere cambiar, si lo que nos gustó de ese otro fue lo que vimos al conocerlo?

La dimensión perversa del aguante

El aguante es ejercido mayoritariamente por mujeres. Hacemos del aguantar una virtud, sin darnos cuenta del error que cometemos.

Aguantar por amor es un contrasentido. Muchas mujeres, en nuestro afán de amar y ser amadas, disfrazamos el aguante con galas del amor.

Toleramos cualquier cosa para preservar este sentimiento y es así como a menudo terminamos perdiéndolo. Algunas aguantan por conveniencia, por temor a la soledad o por dependencia, pero eso nada tiene que ver con el amor.

Tendríamos que derribar creencias

Derribar los mandatos sociales que nos inculcaron desde niñas. Por ejemplo, que tenemos que postergar todos nuestros proyectos por el amor a la pareja y a los hijos, y aguantar todo por amor al prójimo; que para estar plenas hay que encontrar a ese ser que nos completará; que al casarnos seremos las mujeres más felices, que el príncipe azul es la respuesta a todos nuestros males.

Soportar insultos, humillaciones, burlas, descalificaciones, críticas constantes, abandono, aislamiento, incomunicación, gritos, chantajes, amenazas de tipo económico, control de lo que dices, burlas, bromas pesadas, que revisen tus cosas, manejen el dinero, te exijan cuentas, impidan que trabajes o estudies, entre otras atrocidades.

De niñas no nos hicieron sentir capaces y valiosas. No nos enseñaron a sentirnos respetadas y a satisfacer nuestras necesidades. No desarrollamos nuestra autoestima, autoconfianza y seguridad en nosotras mismas.

Aprendimos lo que son la sumisión, la obediencia y el conformismo.

No podía dejar de darle vueltas a tanta información en mi cabeza. Tendría que hacer un alto para acomodar todo este rollo mental.

Dinámica personal

Plantéate la siguiente pregunta:

* ¿Cómo derribar creencias de sumisión?

Reflexiona en lo siguiente:

La mujer sumisa, inferior y sin resistencia está llamada a revisar sus creencias. La familia nos marca un modelo de lo que es ser una mujer: débil, dependiente, sumisa, y dedicada a consagrar su vida alrededor de su familia. Es decir, incapaz de valerse por sí misma.

Una mujer con estas características está condenada a contagiar a sus hijas de esa baja condición y escasa fe en sí misma.

Si queremos tener una vida mejor, es fundamental que nos cuestionemos todo ello.

Concluye:

¿Cuáles son tus conclusiones?

_____

_____

_____

¿Qué aprendes de esta dinámica?

_____

_____

_____

Capítulo 12

¿Por qué no lo vemos si es tan evidente?

La culpa

Me sentía tan culpable de haberme atrevido a solicitar el divorcio. Buscaba mil formas de justificar mi nueva condición de mujer sola. Y todavía me faltaba enfrentarme al duelo de la separación definitiva.

Seguía preparándome para la conferencia; quedaba muy poco tiempo para presentar el material y cada vez me sentía más entusiasmada.

Esa tarde, como otras, en mi cita con mi psicólogo y asesor le escuché decir con voz cálida:

—Tienes que tratarte mejor a ti misma, Estela. Es triste darte cuenta de cómo las mujeres endiosan a sus parejas.

—Estoy intentando asumir el control de mi vida, Michel. Es una guerra íntima en la que tenemos al enemigo tan cerca que nos hiere, nos traiciona y nos pierde. Y no me refiero a mi ex marido. Me refiero a mí misma.

—Todo conflicto requiere poder y aumenta poder. No seas tan dura contigo.

—No sabes la lucha que se está librando en mi interior.

—¿Por qué este miedo?

—Cedí mi poder —al decirlo sentía que mis fuerzas se esfumaban—. Aunque me reconozco fuerte, pedí tan poco. Yo sé lo que es el poder. Pero no sabía cómo vivirlo. Y hasta ahora empiezo a percatarme.

—Aprenderás a conquistar al enemigo que aniquila tus sueños. Verás cómo puedes eliminar los obstáculos que se oponen a tu felicidad. Aprenderás a conseguir lo que quieres. Casi todas las mujeres piensan, equivocadamente, que para que la vida sea mejor hay que quitarle todo lo malo.

—Mi querido terapeuta, yo sólo quiero añadirle cosas buenas a la mía.

—Cuando se rompen las reglas y hay confusión, estoy seguro… es el momento en que triunfan las mujeres.

Esa tarde descubrí que después de todo no era tan malo visitar a un psicólogo, aunque, por supuesto, no pensaba admitirlo.

Decidí caminar por el sendero de la escuela aprovechando que a esa hora ya no quedaban muchos maestros y la ausencia de los alumnos se llenaba con el silencio.

Pensaba en mi caminar

¿Cuántas personas vivimos negándonos el hoy en favor de un mañana que tal vez jamás experimentaremos? Mi vida no era un ensayo general de una película, sino una costosa realidad. Porque hay que pagar un precio por ser congruentes. Hay partes de mi vida que yo controlo y otras que no dependen de mí. No puedo cambiar la dirección en que el mundo gira, pero sí la dirección en que lo enfrento.

Sabía definitivamente que mi dirección de vida se encontraba en mí misma. Mi vida era un reflejo perfecto de mi relación con mi propio ser.

> *Es como si por primera vez supiera quién soy. Si la verdad está en mí, no tendré miedo de descubrirla. Ya no me opondré a lo que amenaza con desestabilizarme.*

Muy al contrario, le daría la bienvenida a la experiencia, me atrevería a agradecer el descubrir, incluso que estoy en el sitio equivocado. No tendría miedo de encontrar la verdad. La verdad siempre cura, aunque en principio pueda herirme.

"Linda la loca", escuché una voz punzante en mi mente. Al volverme sentí un fuerte dolor en la espalda, mi cuerpo se sacudía y perdía equilibrio. Mi rostro tocaba el suelo sin que mis manos se opusieran. No podía comprender qué ocurría. Ya no sentía dolor alguno. Todo comenzaba a nublarse cuando escuché a lo lejos los gritos de la maestra Cecilia. No alcanzaba a distinguir lo que decía.

Perdí el sentido no sé cuánto tiempo. Al despertar, estaba rodeada de médicos y enfermeras. Una luz blanca cegaba mis ojos. Alcancé a preguntar –o tal vez sólo lo imaginé– "¿qué me sucede?". Seguramente sólo lo imaginé porque nadie me respondió.

Dinámica personal:

Plantéate la siguiente pregunta:

* ¿Cómo es posible que no detectemos el peligro?

Reflexiona en lo siguiente:

Muchos hombres se arrepienten de sus actos violentos. Cegados por la ira, cometen agresiones inconfesables. Algunos, en su pérdida de control y enfermos de violencia, son capaces de cualquier cosa, hasta de terminar con una vida. Tal vez sea porque "lo que mal comienza, mal termina".

El problema es que no nos damos cuenta de que al soportar tanto y sentirnos culpables, abrimos la puerta a más violencia.

Concluye:

¿Cuáles son tus conclusiones?

_____

_____

_____

¿Qué aprendes de esta dinámica?

_____

_____

_____

Capítulo 13

¿Sabes cómo vas a morir?

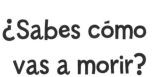

—Es un desgraciado —repetía mi madre.

Logré abrir los ojos y vi sus lágrimas. Tomó mi mano y la besó.

—Perdóname, hija, te desperté.

—¿Qué ocurrió?

—Rodolfo es un miserable, un cobarde. Tenías razón, hija —el llanto no la dejaba hablar.

—Mamá, por favor, ¿dónde estoy? ¿Qué me pasó? Me duele todo.

—Estela, creí que te perdíamos. No me he separado de ti. Me hablaron de la escuela, el muy desdichado te tomó por sorpresa y te disparó por la espalda. Dicen que parecía un perro rabioso buscando a su presa. Está detenido. ¡Que se pudra el maldito!

—¿Es grave, mamá? —toqué mis piernas—. ¿Qué me ha ocurrido?

—Que estuviste al borde de la muerte. Pero un médico excelente, yo diría un santo, salvó tu vida, mi amor —mi madre nunca me había hablado con tanto cariño. Aun así no tenía claro nada—. Estarás bien, hija. Te lo prometo.

—Mi hija, ¿está bien, mamá?

—Perfecta, está esperando para poder verte. Ahora descansa.

No podía hacer otra cosa

Me sentía cansada. Profundamente adolorida y con una debilidad que olía a muerte. Durante mi sueño aparecía una y otra vez la escena de mi altercado.

Fueron varios días los que permanecí sedada. Pude ver a mi hija una semana después del incidente. La noté preocupada. No podíamos abrazarnos, ¡teníamos tanto miedo! Quería que todo esto acabara. Era muy pesado estar ausente de mi vida. Por primera vez tomé conciencia de la dimensión del problema en que me encontraba envuelta. Y esta vez sentí terror.

Por fin pude sentarme y preguntar la fecha a una enfermera.

—18 de noviembre, señora. Es un milagro que esté viva. ¿Cómo pudo hacerle eso su esposo?

—Ex esposo— respondí con fuerza—, ex esposo. Estoy viva y quiero seguir con mi proyecto. Aún es tiempo.

—¿Qué proyecto?

—Mi conferencia. La he estado preparando. Será en diciembre. Tengo que asistir.

La mujer me miró con tristeza, por lo que supe que algo andaba mal.

—Lo siento mucho, no creo que sea posible. Su recuperación tardará meses. Tal vez no pueda volver a caminar. ¡Lo siento tanto!

Fingí no escucharla.

—Quiero mi computadora. Quiero mis libros. Seguiré con el proyecto.

La enfermera me miró con compasión y salió de la habitación.

Yo no estaba dispuesta a seguir inmóvil. No me importaba el diagnóstico. Traté de moverme y fue imposible. Sólo hasta ese momento me di cuenta de la verdad. Era muy grave lo que me había ocurrido.

Pensé en lo cerca que estuve de morir. Pensé también ¿por qué no había muerto? Rodolfo por fin saldría de mi vida. Pero ¿a qué precio?

Alumnos, maestros y familia no dejaban de circular por el hospital tratando de animarme.

Michel llegó con su paso calmado de siempre, se sentó a mi lado y después de mirarme, dijo:

—Ya es tiempo de seguir, ¿no te parece, maestra?

Asentí con una mueca.

—Eso deseo, Michel.

—¿Qué tal si empezamos con tu terapia?

—¿Tiene sentido?

—Dímelo tú, Estela.

—Quiero vivir. Pero no seré la misma.

—¿Eres la misma? Hace tiempo que ya no eres la misma. ¿No te das cuenta? No te tengas lástima.

—No es así, psicólogo de pacotilla —dije, buscando provocar su ira, aunque no funcionó—. Está bien, con tal de que te vayas. Comencemos.

Después de una larga charla, sacó una computadora de su mochila y me la entregó.

—¿La reconoces?

—¿Mi computadora? No tiene caso. No habrá conferencia.

—Tus piernas están dañadas, Estela. No tu garganta y mucho menos tu ser interno.

Salió de la habitación sin darme tiempo de responder.

Dinámica personal

Plantéate la siguiente pregunta:

* ¿Por qué guardar silencio?

Reflexiona en lo siguiente:

En el camino de asesorar a mujeres que viven con violencia he aprendido dos cosas:

* Hay que exponerse a hablar sobre el problema.
* Nunca serás la primera ni la última.

Concluye:

¿Cuáles son tus conclusiones?

_____

_____

_____

¿Qué aprendes de esta dinámica?

_____

_____

_____

Capítulo 14

Autoestima, la joya perdida

Seguí mi recuperación y buscaba prepararme en las largas horas que pasaba en el hospital. Una frase que leí en un libro me impactó sobremanera:

"Ningún hombre puede revelarte sino aquello que yace, semidormido, en el amanecer de tu autoconocimiento."

Gibran Jalil Gibran

No me quedaba duda de que como mujer me sentía en una lucha por liberarme. Era ya una necesidad avasalladora. Quería relaciones de igual a igual. Sin esa búsqueda cansada de complacer siempre al otro. Pero ¿cómo hacerlo? Gracias al Edén me sentía débil y pecadora, razón por la que cargaba con una culpa que pesaba como lápida. ¿Cómo dejar de temer a la vida?

Una y otra vez, en cuanto libro de superación encontraba, hallaba la frase "somos lo que pensamos". Si todo lo que soy proviene de mi pensamiento, tendría que descubrir de dónde viene éste. ¿Estoy totalmente programada? ¿Qué me hace feliz? Conocerme hasta percibir cada latido de mi corazón. Antes de ver los ángeles debo encontrarme con mis demonios.

Si la autoestima es el concepto que tengo sobre mí misma, la pregunta urgente por responder es ¿cuánto valgo ante mis ojos?

Mapas en el camino

Tenía que hacer un examen de todos y cada uno de mis tropiezos. Ansiaba que el psicólogo volviera a visitarme para mi odiada sesión. Tenía que aclarar muchas cosas. En algún momento Michel me había dicho que todo lo que ocurre, incluso un altercado o accidente, tenía un significado energético atraído por nuestra forma de pensar. Esto me parecía ridículo. ¿Quería decir que no poder caminar era algo que yo atraje energéticamente a mi vida?

Tan sólo tres meses antes de mi agresión, un periódico recogía la brutal agresión de un hombre hacia su compañera utilizando el mismo método. En ese caso el ataque estuvo precedido por amenazas y ataques previos que siempre son el preludio de una escena final. Estas cosas no deberían ocurrir. En cierto modo, creer que una reacción de violencia no se repetirá es lo que me había traído a este hospital.

Parecía que comenzaba a salir de mi shock nervioso cuando me di cuenta de lo que estaba viviendo. Había perdido la movilidad de la mitad de mi cuerpo.

> *Increíble, hasta ahora, después de tantos años, vuelvo a tomar conciencia de esas piernas que desde mi niñez se habían vuelto invisibles.*

Empecé a escribir una carta a mis piernas y pies pidiéndoles perdón, y así fui recordando cada parte de mi cuerpo que por mi olvido había convertido en invisibles. Si bien no podía mover mis piernas, podía verlas y sentirlas. Después de todo, esta experiencia podría ser una oportunidad.

En ese momento entró a mi habitación un desconocido.

—Maestra Estela, ¿me permite?

—¿Quién es usted?

—Soy investigador del caso de agresión en su contra por parte de su marido.

—Ex marido… Ex marido… pase usted. ¿Qué ha pasado?

—El señor Rodolfo está muy arrepentido. Se trata de un accidente fortuito, como alega él.

—¿Qué dice? —mis gritos se escuchaban a tal grado que médicos y enfermeras se acercaron—, no puedo creer lo que escucho. ¿Usted piensa que yo soy culpable de lo que estoy pasando y que me lo tengo merecido?

—Señora, tranquilícese. Sólo pienso que después del divorcio y la pérdida de la mitad de los bienes de su marido, éste se encontraba bajo mucho estrés y por eso…

—¡Fuera de aquí!

Un guardia del hospital sacó a aquel hombre, quien, por fortuna, no volvió a buscarme.

Así como tenía claro que la agresión no comienza con el primer golpe, sino que viene precedida por la desconsideración, la intimidación, el rechazo, que va debilitándonos y tampoco termina con el último golpe, sabía que la agresión de mi ex pareja no sólo había lesionado gravemente mi cuerpo, sino que también lo hacía con mi hija. Mariana no era un testigo indiferente, sino que sufría terror por la violencia contra su madre.

¿El agresor, un hombre normal?

El hombre violento es un hombre normal en los aspectos social y conductual.

Mis vecinos describían a Rodolfo como un hombre normal, trabajador, buen padre y vecino. Tal vez es parte de una doble cara. La mayoría de los agresores desarrollan habilidades especiales a la hora de relacionarse con otras personas fuera del hogar. Ese mecanismo no es casualidad, es la manera en que la agresión duró tanto tiempo tras los muros del dulce hogar.

> *Múltiples estudios han tratado de profundizar en las características del agresor, encontrando una serie de elementos destacados como propios de este tipo de hombres. Entre ellos destacan: hostilidad frente a la mujer, baja responsabilidad, comportamiento agresivo, conducción peligrosa de vehículos, tendencia narcisista, impulsividad, hipermasculinidad, y esto se da en todo nivel socioeconómico. Así es como lo anormal en el hogar se vuelve normal.*

> *Muchos hombres maltratan a su mujer simplemente porque así es como funcionan las cosas y, de hecho, no siente remordimiento obteniendo beneficios. Hombres normales deciden recurrir a la agresión para controlar a las mujeres.*

La esclavitud del maltrato

Eran las nueve y treinta de la noche cuando llegó a la habitación una anciana trasladada en una camilla. Sería mi nueva compañera de cuarto. Se veía cansada y no quise molestarla. Debo confesar que sentí emoción de compartir mi tiempo con alguien más. A pesar de que mi familia y amigos me visitaban, me quedaba claro que la vida tenía que seguir.

Poco a poco me armé de valor y me expresé lo mejor que pude.

—¿Cómo está usted, señora? —fue la pregunta más torpe que encontré—. ¿Puedo ayudarle en algo?

Como si pudiera hacerlo…

—No. Gracias. Estaré poco tiempo. ¿Cuál es tu nombre?

—Estela.

De pronto se quedó dormida y decidí no molestarla más.

"Mañana será otro día", pensé y caí en un profundo sueño resignándome a quedarme sola acompañada por otra mujer a escasos dos metros de distancia.

Pasé una noche fatal pesadilla tras pesadilla. Al abrir los ojos, vi que mi compañera de cuarto me observaba. Se veía profundamente triste. Después de un rato rompió el silencio y dijo:

—¿A qué te dedicas, Estela?

—Trabajo como maestra —interrumpí, viendo mis piernas—, o trabajaba como maestra, no lo sé.

—¿A quién amas, Estela?

Me pareció la pregunta más extraña que me habían hecho. Carecía de toda lógica y lo que seguiría era algo más poco usual.

—A mi familia, mis hijos, mis alumnos…

—¿Te amas a ti?

—Supongo que sí —comencé a molestarme—, desde luego que sí.

—Entonces estarás bien —se volvió y miró a la ventana—, seguro estarás bien.

Después de un silencio profundo, preguntó:

—¿Tienes hombre?

¿Quién se creía esa anciana preguntando con tanta fuerza y seguridad robándome mis respuestas? Porque era imposible no contestarle.

—No. Soy una mujer divorciada. De hecho estoy aquí como consecuencia de…

—Lo sé. No se habla de otra cosa en el hospital que no sea de la pobre de Estela —parecía sonreír al decirlo.

—¿Se está burlando de mí?

—Sí y no —siguió otro amenazante silencio—. Sí, porque es gracioso ver cómo una mujer se enreda en su papel de víctima cuando hay otras formas de probar las mieles de la gloria y el éxito. Pero el éxito no es para todas las mujeres ni tiene que serlo.

Ya comenzaba a odiarla. Al llegar pensé que sería una excelente compañera, pero… Continuó con su monólogo, el cual, por cierto, era muy interesante.

—Cuántas mujeres para ser amadas por el otro se ajustan y se acoplan a cada relación que tienen. Van en búsqueda de aceptación y para ello pagan un precio muy caro: se ajustan cada día al molde del otro. Muchas veces me pregunto ¿qué pedimos al otro sino la aceptación de una misma? La mujer se vuelve experta en simular, encubrir, acompañar, algo que se vuelve vergonzoso. Sin embargo, se convencen de que eso "no les cuesta nada" pues lo justifican en aras del amor. Le dan el protagonismo a aquellos a quienes aman postergando sus anhelos, negando sus propias ambiciones, cediendo sus espacios, perdiendo autonomía económica. Son mujeres condicionadas a la aprobación y eso termina volviéndolas invisibles.

> *¡Y ella me habla de invisibilidad! Si desde muy niña comencé a ser invisible, "perdiendo" mi cuerpo parte por parte.*

—Todas esas condiciones que menciona han sido heredadas de generación en generación, conforman lo que llamamos ser femenina —repliqué, esperando su respuesta, jamás me había sentido tan apasionada con algo. No quería que nadie nos interrumpiera—, son incluso virtudes.

—Todo tiene un costo, Estela —sonrió—, y al hablar de costo no me refiero a dinero, sino a tiempo, espacio, efecto, poder. Convertimos el amor a la pareja en imagen y semejanza del amor maternal. Definitivamente, nada en la vida deja de tener un costo, esto es inevitable aunque no seamos conscientes de ello. Pero ¿qué te digo a ti, que has pagado un costo alto por ser invisible? Hagamos lo que hagamos, no nos libramos de los costos.

—Tiene razón. Hoy comprendo que para mí querer a otro es estar pendiente de su cuidado y me pongo a cuidarlo en exceso. Con ello pretendo que los demás hagan lo mismo conmigo. Hago cosas que ni siquiera me piden. Es pesado, me hago pesado vivir con otro porque siempre estoy pensando en servir. Por eso me dan ganas de estar sola. Pareciera que amar significa para mí dejar todo de lado. Ahora comprendo que durante mi matrimonio aguanté un montón de cosas que me dolían. Siento gran rabia conmigo misma.

"Sí —continué—. Cuidé la armonía de mi pareja como si fuera un niño más. Otro hijo. Sostuve mi amor sobre las espaldas."

—Amar al otro, Estela, no significa acomodarse a sus deseos, autopostergarse, caer en situaciones sin salida, condenarse a una soledad acompañada.

—Pero —cuestioné—, ¿cómo puede cuidarse a sí misma una mujer? Si para cuando ya terminó de cuidar a su entorno está sobrecargada y muy cansada. Si no vuelve su mirada a sí misma, ¿cómo lo hará? Por eso pierde la oportunidad de estar frente a su pareja como pares. Ahora comienzo a entender por qué las mujeres anhelamos el amor, pero no sabemos tener vínculos libres.

—Para el que se cuelga de otro, Estela, la soledad es terrorífica, porque pierde sus raíces. Antes de tener una pareja, es necesario estar contigo, siempre contigo. Los demás entran y salen.

—Ojalá hubiera sabido esto antes. Me pasó como a tantas mujeres que descubren su capacidad de producción: fui logrando reconocimientos, empecé a ganar mucho dinero, incluso más que mi marido, y le entregaba todo lo que ganaba pues con ello me sentía menos culpable. "Las niñas buenas se portan bien."

— "Las niñas buenas van al cielo, las niñas malas van a todas partes", mientras los varones no se sienten malos por ir a todas partes —comentó mi vecina.

—Me he sentido mala por muchas cosas: por plantear la ruptura de mi matrimonio, por sostener mi matrimonio a la fuerza, por creer que de mí depende la felicidad de mis hijos. Por dejar de satisfacer las demandas amorosas, por no haber sido capaz de salvar mi unión, por dejar de sostener una relación sin beneficios, por mi altercado. He llegado a preguntarme cómo pude alterar tanto a mi ex marido para que me disparara por la espalda —mis lágrimas no cesaban, me hacía tanta falta llorar.

Pero la anciana no se inmutó, ni siquiera me consoló. Necesitaba mucho un abrazo, aunque tampoco lo pedí.

—¿Cuál es el camino que me satisface más? —proseguí—. Tan sencillo como saber elegir. Es mi responsabilidad, sin olvidar que es en el aquí y el ahora.

—¿No crees —me preguntó—que es hora de cuestionar tus paradigmas mentales?

—¿Cómo?

—¿Qué pasaba contigo cuando veías entrecejos fruncidos de tu pareja e hijos, padres y jefes?

—Sentía mucho miedo, ansiedad, terror de la cara de virote duro como le llamo yo —no pude evitar sonreír un poco, al mismo tiempo que lloraba como una niña—. Sentía mucho miedo de mi marido. Como miedo sentía de mi padre. Confundía actos de sumisión con actos de amor. De dependencia infantil.

—Son esos comportamientos de domesticación que tanto adoptan las mujeres. ¿Qué tipo de temor alimenta esa necesidad? El temor a no ser amadas ni aprobadas, y a ser, por fin, abandonadas.

—¿La vida no es para vencer esos miedos? —pregunté.

—Estos temores desaparecen con la independencia. La independencia es hermana de la autoconfianza.

—¿Cuántas mujeres no pierden su ruta al perder a su compañero de vida? ¿Será que las mujeres vivimos la falta de amor como un castigo? Muchas veces —confesé— llegué a preguntarme ¿qué hice mal para que mi esposo me golpeara?

—De hecho, te diré algo que seguramente no te va a gustar… "Tienes lo que te mereces" o, mejor dicho, "Tienes lo que tú crees merecer para ti", nadie te maltrata más de lo que te maltratas tú misma.

—Eso duele —respondí, ya resignada a que estaba frente a la mujer más sabia e insolente que había conocido. En ese momento me percaté de que no había preguntado su nombre—. Y a todo esto ¿cómo debo llamarla, señora?

—A los hombres los inventamos —siguió la anciana— y luego nos quejamos cuando no responden a la idea que nos hicimos de ellos. Estamos al pendiente de satisfacer sus necesidades, dependemos de su aprobación. Nos conectamos más con lo que el otro siente que con lo que siento yo. El problema es que no queremos que ponga la temida cara de virote duro.

Poco me importó que no hubiera respondido cuál era su nombre. Probablemente ni siquiera lo recordaba, pues ya era muy vieja.

Pero, a la vez, cada una de las palabras que pronunciaba se conectaban con mi centro. "Pinche vieja", pensé, pero definitivamente no lo dije.

Y ella continuó:

—La mujer sueña con ser elegida como en los cuentos. Después siente que debe cambiar muchas cosas para seguir siendo elegida.

—Yo pasé más de veinte años tratando de que mi marido me eligiera —comenté—. Terminó viviendo él con alguien desconocido. Aguanté tantas cosas: infidelidades, ofensas, críticas, burlas, silencios, golpes. Todo eso lo aguanté por amor…

—¿Por amor? —temí la continuidad de su respuesta y así fue—. El aguante no va asociado con el amor. Cuando haces del aguantar una virtud, te pierdes a ti misma. Aguantar por amor es un contrasentido. El amor no genera dolor. Alguien dijo que cuando el amor comienza a doler, se convierte en pecado.

—Cuando aguanto, muero.

—Aguantas por conveniencia, por miedo, por necesidad, por no estar sola… pero por amor ¡jamás!

—Habrá que aceptar que no somos madres del mundo…

No pude terminar porque en ese momento entró la enfermera de modo acelerado y, con la ayuda de otros dos enfermeros, me pasó a la camilla. No me dio tiempo de despedirme de la anciana.

Algo ocurría, todos actuaban a gran velocidad e incluso de manera burda conmigo. Sólo pude ver un poco a la mujer antes de salir del cuarto. Me sonrió de una forma que sentí paz y confianza. De regresó haría más preguntas. ¡Tenía tanto que preguntarle!

Dinámica personal

Plantéate la siguiente pregunta:

* ¿Qué produce el sufrimiento?

Reflexiona en lo siguiente:

¿Has escuchado hablar del triángulo dramático?

Si quieres sufrir, sólo tienes que hacer tres cosas: perseguir, rescatar o volverte una víctima. Así de sencillo. Persigue a la otra persona tratando de complacerla. Rescátala haciendo lo que a ella le corresponde y, finalmente, siéntete inmovilizada ante la adversidad, culpando a otros de tu mala suerte.

Concluye:

¿Cuáles son tus conclusiones?

_____

_____

_____

¿Qué aprendes de esta dinámica?

_____

_____

_____

Capítulo 15

¡Todos a bordo!

La vida no está exenta de tropiezos

El personal del hospital trabajaba arduamente en mi cuerpo. Yo me encontraba tranquila, tenía mucho en qué pensar sobre la conversación con la anciana.

Sabía que estaba en buenas manos y elegí confiar.

De pronto sentí un intenso dolor en el pecho y abrí bruscamente los ojos, con un alarido siniestro.

—Muy bien, Estela… Ya estás con nosotros otra vez —el rostro del doctor Gilberto se veía sudoroso y asustado—, pensé que te habíamos perdido.

—¿Qué ocurrió? ¿A qué se refiere?

—Entraste en un coma profundo. Durante unos instantes creímos que no había nada qué hacer.

—¿Me regresará a mi cuarto?

—Te quedarás un poco más en observación, Estela.

—Quiero saber el nombre de la mujer que me acompañó. La mujer que llegó anoche. Mi compañera de cuarto.

—No estoy enterado de que alguien comparta contigo la habitación, Estela, pero déjame investigarlo. Ahora sólo descansa.

No me quedaba más que obedecer. Quería ponerme bien. Quería asistir a mi conferencia. Lo deseaba tanto. "Tienes lo que te mereces" o, mejor dicho, lo que crees merecer. "Maldita anciana", pensé con cariño, "tengo mucho que aprender." Quedé profundamente extasiada en mi sueño tal vez producto del coctel de calmantes que me habían inyectado.

Ahora todo se fusiona, cae en su lugar, desde el deseo hasta la acción, de la palabra al silencio, mi trabajo, mi amor, mi tiempo, mi rostro reunidos en un solo intenso gesto de crecer como una planta.
Mary Sarton

La pasión y la alegría aparecen cuando nos permitimos sentir sin culpa lo agradable que puede ser vivir y, aunque las cosas no siempre coincidan con nuestros planes, tener la sensibilidad de confiar en nuestro poder personal. Tal vez de eso se tratan los milagros. De dejarse sorprenderse por la vida. Vivir intensamente con pasión y sin miedo. Bien decía mi abuela "¡Más vale pedir perdón que pedir permiso!".

Comenzaba a agitarse en mi interior una profunda sensación de cambio, de entrega a mi propio ser y, a la vez, de soltarme de los terrores pasados. Una sensación que no dependía de mi voluntad sino de la diferencia en mis sentimientos. Algo nuevo me sucedía.

Me atrevía a sentir que merecía ser amada sin razón. Sólo porque sí, porque existo, sin necesidad de hacer nada. Me deshacía de la culpa por ser feliz, antes siempre en entredicho por mi necesidad de hacer feliz al otro. Me sentía fuerte, íntegra, lista para perdonarme. Podía ver mis piernas aunque ahora no las sentía. Podía ver y sentir mi cuerpo latente y vivo que reclamaba, entre muchas cosas, un buen orgasmo no fingido.

Una voz interna resonaba en mis oídos internos diciendo "Dirige tu vida a donde sea, a donde tú quieras y creas conveniente. Eso sí, asume la responsabilidad de ti misma. Ya no busques la aprobación externa, para saber que todo está bien contigo".

Regresé a la habitación no sé después de cuánto tiempo. Pero la anciana no estaba ahí.

—¿Dónde está mi compañera de cuarto? ¿A dónde se llevaron a la anciana? —le pregunté a la enfermera en quien más confiaba.

—Estela, por la gravedad de tu caso, no hay, no ha habido ni habrá compañera de cuarto para ti.

—Claro que sí. Quiero saber dónde está.

—¿Qué nombre te dio? Buscaré en los registros. Tal vez la trajeron por unas horas por error. ¿Cuál era su nombre?

—No me lo dijo. Pero es una anciana de unos ochenta años. Es muy amable y muy preparada. Por favor, ayúdame, necesito encontrarla.

—Éste es un hospital pequeño. Hay registro de cada paciente y sus fotografías de ingreso. Pero no recuerdo a ninguna mujer con esas características. ¡Te prometo ayudarte, no te agites tanto! Pudo haber sido tu imaginación, recuerda que caíste en coma hace apenas unos días.

—¿Qué día es hoy? —pregunté, cada vez más confundida.

—2 de diciembre. Tu familia y amigos vienen constante-mente a preguntar por ti.

—La conferencia será el 15 de diciembre… ¿Podré salir?

—Eso no depende de mí. En cuanto llegue el doctor Gilberto te lo dirá.

Sabía la respuesta. No podría impartir la conferencia.

> "¡Dios, cuánto daño me he hecho!" Ahora, a apoyar a mi espíritu en su lucha por encontrar sentido a mi vida y a esta experiencia.

Minutos después, el doctor Gilberto, con su peculiar actitud siempre amable, llegó a verme y habló con claridad: la conferencia no sería posible.

Eso me dolió tanto que olvidé preguntarle por la anciana. Sólo quería que se fuera y llorar desconsolada.

El aquí y el ahora

Fueron horas de llanto profundo desde el fondo de mi alma. Cecilia y More llegaron a verme, muy apenadas. Su saludo fue un…

—Lo sentimos mucho. Sabemos cuánto soñabas con dar esa conferencia.

More agregó:

—Hay algo que debo decirte, amiga. Por instrucciones de don Jorge, seré yo quien la impartirá en tu nombre. ¿No hay problema, verdad, Estela?

Claro que lo había, estaba furiosa. Era More quien aprovecharía todo mi trabajo y el precio que pagué. Estuve a punto de mentir y decir el clásico "está bien", como siempre, pero esta vez no lo hice.

—No, More… No está bien. No me agrada y deseo hacerlo YO. No importa que vaya en silla de ruedas. Quiero hacerlo YO.

—Pero esto es por tu bien —replicó More, molesta—. ¡No te entiendo!

—Yo sí te entiendo —dijo Cecilia— y te apoyo. Aunque sea en camilla te llevaré a la conferencia. Sólo hay que convencer a don Jorge. Él vendrá en unas horas a verte. ¿Quieres que esté a tu lado para convencerlo?

—No, Cecilia. ¡Lo haré yo sola!

More se despidió con cara de enfado, incluso se veía ofendida. Cecilia me dio un abrazo amoroso y en sus ojos había respeto.

"¡Lo haré YO!" Eso era en todo lo que podía pensar.

Dinámica personal:

Plantéate la siguiente pregunta:

* ¿Cómo superar los obstáculos que encontramos a nuestro paso?

Reflexiona en lo siguiente:

La sorprendente verdad sobre lo que nos motiva

El ser humano necesita encontrarle un sentido o propósito a su vida, sentirse el creador responsable de ella. Cuando estamos motivados, se eleva nuestra energía, nos fortalecemos y nace el compromiso.

Una pasión puede ayudar a superar obstáculos y nos impulsa a no rendirnos. Descubrir la pasión en nosotros es fundamental en circunstancias desfavorables.

Concluye:

¿Cuáles son tus conclusiones?

_____

_____

_____

¿Qué aprendes de esta dinámica?

_____

_____

_____

Capítulo 16

¡No hay recetas!

5 de diciembre

Querido diario:

Como dice San Agustín, los milagros no contradicen la naturaleza. No hay curas milagrosas, el milagro que necesito no es volver a caminar, sino aprender a volar. Dejarlo todo atrás. El milagro es crecer en la vida, es estar orgullosa de quién soy y de mis circunstancias. Es atreverme a cambiar mis paradigmas y despertar al gigante que llevo dentro.

Comencé a escribir en mi diario los proyectos que más me agradaban. Cosas que deseaba hacer para mí. Ahora era muy honesta. Después me imaginé desde los principios de mis tiempos, mi vida desde mi concepción hasta la fecha. Pensé en las personas significativas para mí. Me atreví a preguntarme qué características imitaba de las personas que más amaba. Pero lo más fuerte fue descubrir lo que más odiaba de los otros en mí. Esta sencilla actividad me ayudó a conocerme un poco más.

Escribí una serie de frases cortas como:

- Yo puedo ser mejor de lo que ahora soy
- Yo necesito sentirme valiosa
- Yo quiero ser feliz
- Yo soy una mujer valiente
- Yo no me dejo de la adversidad
- Yo sí puedo lograr mi sueño
- Yo decido arriesgarme
- Yo estoy dispuesta a dejar mi parálisis emocional
- Yo estoy en el camino
- Yo quiero vencer mis miedos

Por primera vez dediqué tiempo consciente para meditar. No sé cuántas horas pasaron con esta lluvia de ideas cuando entró a la habitación mi temido jefe don Jorge.

—¿Ya estás mejor? —nunca se caracterizó por ser amable. Era un hombre de frases cortas—. Ya te habrás enterado de que la conferencia del 15 de diciembre la dará More. ¡Tú no puedes estar presente por tu condición!

—Don Jorge, sé que usted está pensando en sus intereses —sabía que siempre lo hacía— y está perfecto. Ahora escúcheme. Nadie mejor que YO puede dar esa conferencia. Es cuestión de mercadotecnia. Ya no sólo soy la maestra, soy una mujer que ha vivido violencia en su contra. Eso hará que los boletos no sean suficientes, señor.

Me sentí satisfecha por mi táctica de persuasión.

—Está bien. Hazte cargo.

Tuve el presentimiento de que no le sorprendió mi respuesta.

Salió de la habitación sin expresar una palabra de aliento. Justo lo que necesitaba. Cuidar de mí sin esperar nada de nadie.

Quedaban días que correrían rápidamente. Busqué en quién apoyarme un poco en logística para saber cómo desplazarme por el escenario, una rampa para llegar a él. ¿Quién conduciría? Y, por supuesto, el permiso del hospital. ¡Muchos detalles! Aun así estaba dispuesta a todo. Nunca me había sentido tan viva. Como si el universo confabulara en mi favor.

Llegó el doctor Gilberto a checarme. Estaba abriendo la boca cuando por mi mente cruzó la idea "¿Y si me dice que no?... ¡No me importa! Salto por la ventana y me voy", pensé con sarcasmo.

Para mi sorpresa, su respuesta fue:

—Es imposible que alguien te detenga, mujer. Pero estaré en primera fila cuidándote. Es mi deber y, además, deseo estar presente. No me perdería el evento por nada del mundo.

El doctor era todo un personaje. Siempre mostraba una sonrisa y tenía una broma para cada paciente. Y una peculiar forma de vestir. ¿Qué médico usa bata de Superman para operar a sus pacientes? Pues él lo hacía. Era imposible no quererlo.

Las lágrimas bañaban mi rostro. Esta vez de felicidad. Mis piernas estaban más fuertes que nunca y daban pasos gigantes sin moverse. "Estoy lista para volar", pensaba.

Un nuevo despertar

¿Has llegado a preguntarte, cuando te ocurre algo malo, "qué más podría pasarme"? Tienes la impresión de que nada está en tu favor. Así que en esos momentos, por primera vez, me entregué con profunda fe a la oración. ¿Por qué será que siempre en momentos de crisis buscamos a Dios?

La conferencia estaba preparada. ¡Había tanto qué decir! Pero ¿acaso estaba yo preparada? Me descubrí haciendo un nuevo tipo de oración desde la paz interna, ahora sin pedir "nada". En la búsqueda de ese Dios padre-madre desconocido para mí, ya que aquel que me habían presentado en la niñez odiaba a las mujeres divorciadas, castigaba y lastimaba sin piedad. Además de espiarme todo el tiempo. ¿Y si Dios fuera mujer?

Si Dios fuera ese espíritu amoroso femenino y masculino, presumo que fui creada a imagen y semejanza suya. Lo primero que vino a mi mente era la voz de mi abuela renegando de lo que yo pensaba. Pero ¿dónde está la verdad? Ahora no tengo miedo de descubrirla. Es más, le doy la bienvenida. Aprendí otra lección: me quedé en el sitio equivocado por mucho tiempo. Un sitio que implica depender de lo que no es importante dentro de mí misma.

Me descubrí luchando constantemente por mantener algo que no se ajustaba a lo que suponía de la vida. Si la verdad cura, ¡quiero la verdad!, aunque en un principio me resulte incómoda.

> *Papá-mamá Dios, no me gusta el mundo que he creado para mí.*

Y por mucho que te sorprenda, Dios me contestó con una profunda voz interna, no parecida a ninguna de las que había escuchado antes.

—*El mundo que no te gusta está dentro de ti. Los demás son reflejos tuyos. ¿Puedes vivir en el mundo que te has creado? ¿Te gusta la experiencia? La mayoría de las personas, cuando algo de lo que han creado no les gusta lo sustituyen, otros sólo buscan distraerse haciéndolo más tolerable. A mí sólo me toca respetarlos.*

—¿Cómo puedo orar? —pregunté con ansiedad.

—*Todo el tiempo estás orando, Estela.*

—Entonces ¿por qué no me has ayudado?

—*Si no sabes lo que quieres, no podrás pedirlo jamás.*

—Necesito una nueva yo —dije con ansiedad.

—*Esa sí es una petición genuina* —respondió sonriendo.

—¿Puedes ayudarme, papá-mamá Dios? —supliqué.

—*Ya lo he hecho. Te has alejado de todo aquello que te identifica como víctima. Es así como aparece el yo que siempre estuvo presente y con el cual estás haciendo comunión. Para que tu oración sea efectiva, debe empezar con una actitud genuina basada en tu realidad y con el corazón al descubierto.*

El rey está en su reino, el reino está en tu interior

Parecería absurdo que en lugar de preparar la conferencia estuviera orando. Jamás lo habría creído. Mi abuela decía, parafraseando a la Biblia, "Busca primero el Reino de Dios y su justicia, y todo se os dará por añadidura".

Aproveché esa rica conversación con Dios. Y esperando que no fuera sólo parte de mi imaginación, como la experiencia con aquella extraña anciana que no logré encontrar, le dije:

—Quiero pedirte que me orientes para encontrar el reino místico del que todos hablan... No sé si esta conversación es producto del medicamento que me dan cada hora, así que por favor responde lo más rápido posible.

—El reino está dentro de ti. Y un rey está siempre en su reino. Sólo necesitas cambiar la idea que tienes de ti misma. Estela, la vida cambia, se desarrolla y se transforma hasta el punto en que te das cuenta de lo que haces con ella. Tus sentidos te dicen que el mundo está ahí afuera y lo sientes más aún cuando las cosas se han vuelto en tu contra. Observa en silencio. La gran realidad no se oculta, a cada instante la conoces.

—Estoy aprendiendo que realmente soy una diosa creadora de mi propio universo.

—Déjame enseñarte, si me lo permites, a orar.

—Por favor...

—Orar no es pedir cosas. Es estar primero contigo. Después conmigo, tu papá-mamá Dios como has decidido llamarme, ¡eso es todo! Ese es el regalo. No hay más sorpresas. Todo lo que necesitas es orar y descubrir que algo nuevo está junto a ti todos los días. Nada hay que tengas que hacer. Sólo necesitas ver. Nunca disfrutarás del mundo hasta que el mar fluya en tus venas, las nubes se depositen en tus pulmones y las estrellas sean tus pupilas —dijo, transmitiendo con amor su sabiduría.

—¡Ah! Entonces, todos practicamos la oración veinticuatro horas al día. Sólo que no sabía que lo estaba haciendo.

—Sería bueno que dejaras de culparme por la presencia de tus momentos oscuros. De ti depende no derrumbarte, Estela.

—¡Estoy harta de ser la víctima! —reclamé.

—Cada hombre y cada mujer oran veinticuatro horas al día sin saberlo, ya que las expectativas son una forma secreta de orar. No hay un segundo en que tú no consigas lo que deseas, lo que pides en cada oración. Estás dotada para cambiar las experiencias de tu vida. Sólo si así lo deseas.

—La próxima vez que me sienta enojada o deprimida recordaré que esto es lo que pedí en mi oración. Enséñame a descubrir la realidad de las cosas, la manera de pedir algo nuevo.

En lugar de responderme, el Ser Divino preguntó:

—¿Te pido algo?

—Desde luego, papá-mamá Dios.

—Déjame que me encargue de tu vida, no me pidas que te dé lo que deseas. Permíteme darte lo que sé que necesitas. Déjame quitarte la venda de los ojos. Ya Jesús les dijo en mi nombre que los secretos sólo serán visibles para quienes tengan ojos para ver. También, el que tenga oídos, que oiga. Lo único que recibes de tu vida se relaciona con lo que tú piensas de ella. No puedes ver otra vida diferente de lo que estás pensando. Si una mujer piensa que si no encuentra a alguien que la ame, no vale nada, perseguirá a los hombres sin lograr nada.

—¡Cuánta verdad hay en tus palabras! —me atreví a decir.

—Para reemplazar lo que recibes y no te gusta de la vida, cambia el modo de verte a ti misma. Permítete sentir el llamado silencio "incómodo". Permanece va-

cía en situaciones confrontantes. Ora para conocerte. Las personas no tienen idea del poder que tienen. ¿Te gustaría convertirte en una mujer sin miedos? Todo depende de ti.

—¿Por qué nunca habías hablado conmigo?

—*Suelo respetar. Pero siempre estoy presente.*

—Ahora entiendo que debo conocerme y la oración puede ser mi camino.

—*Las experiencias dolorosas encierran lecciones no aprendidas por ti. Por eso se repiten en un círculo interminable. ¡Todo en la vida es para algo!*

—¿Todo?

—*¡Todo es para algo!*

—Dime ¿cómo hacer lo correcto? —inquirí, dudosa.

—*Haz lo correcto para ti.*

—Tengo una pregunta más… ¿volveré a caminar?

—*Para entender cómo salir de tu círculo de víctima debes mirar tu interior y una vez que lo consigas comprenderás quién eres realmente y lo que deseas. ¡Pide y se te dará!*

En ese momento el grito de mi madre interrumpió mi charla espiritual.

—¿Estás loca? No permitiré que asistas a ninguna conferencia. No lo haré. Tendrás que pasar sobre mi cadáver…

—Lo haré, mamá, si así lo deseas —y sin esperar respuesta, añadí:—Ayúdame a cerrar el tema de la conferencia. ¡Vamos! Acércame esos libros que están junto a la ventana. ¡Yo ya estoy lista! ¿Quieres escuchar qué cierres he propuesto para la conferencia?

—Estela, hay algo que debes saber… —su voz entrecortada me advertía que no sería nada bueno—. Rodolfo salió de la cárcel. Los abogados argumentaron un estado de estrés que lo llevó a la locura temporal. ¡No es justo! ¿Por qué nos pasa esto a nosotros? Dios mío, ahora ¿qué haremos? Pero del infierno no escapará, te lo juro, hija…

Interrumpí sus ideas.

—Está bien, mamá. Tal vez eso es lo que deseaba realmente respecto a Rodolfo. Que esté libre ya no me afecta ni despierta en mí temor alguno.

—¿Qué dices?

—Que si me ayudas con la conferencia, mamá.

—Por supuesto, hija.

Mi madre no podía comprenderme. La verdad, tampoco hacía falta.

Trabajamos horas recopilando el material. Cecilia me tenía al tanto de los avances en los preparativos. Todo estaba al día. Y las entradas para el evento, para satisfacción de don Jorge, se agotaron por completo.

La conferencia

15 de diciembre, 5 de la tarde. Todo mundo corriendo. Abrazándome y deseándome suerte.

El teléfono sonaba y una enfermera me pasó la llamada.

—Bueno, ¿quién habla? —el silencio me hizo temblar por un instante, pensando que era mi ex marido—. ¿Rodolfo?

—No, Estela, soy yo… Catalina, tu suegra… Vivo un infierno con Rodolfo… quiero —su voz temblaba, entrecortándose—, quiero irme a vivir contigo, por favor, Estela… Quiero cuidar de ti.

—Señora —respondí con profundo respeto, pues ya nada me incomodaba de ella—. ¡Lo siento mucho! Rodolfo es su hijo. Él es su creación. Me halaga su solicitud, pero no es posible que eso pase. Gracias por llamarme, le deseo lo mejor, señora, de todo corazón.

—No sabes con qué gusto me cambiaría por ti en estos momentos. Te daría mis piernas para que tú… —interrumpí su explicación una vez más.

—En este momento, yo no me cambiaría por nadie. Por nada del mundo. Ésta soy yo —suspiré con orgullo—. ¡Ésta soy yo, señora!

Fue todo lo que hablamos. Pero para mí fue un gran regalo.

Y llegué al escenario. El telón estaba corrido aún, lo que me permitió tomar fuerza de mis entrañas.

—Está todo listo, madre —mi hija Mariana me acompañaba como siempre—. ¡Estoy tan orgullosa de ti!

—Yo también lo estoy, hija. Estoy orgullosa de mí.

Amar sin miedo

El maestro de ceremonias anunció el evento: AMAR SIN MIEDO. Los aplausos cimbraban el auditorio. Se abrió el telón y ahí estaba yo. Miles de rostros observándome. La mayoría eran mujeres, a la expectativa de lo que escucharían. Maestros y alumnos fortalecían la esencia del evento y el discurso comenzó:

"He vuelto a nacer."

No encontré mejores palabras para comenzar la conferencia. Seguidas de que lo que he vivido…

Es lo mejor que me ha podido pasar en la vida. A muchos les resultará patético que esté en una silla de ruedas hablando del tema principal "Amar sin miedo". ¿Cómo puede una mujer que hace sólo unos meses fue balaceada por su ex marido en las instalaciones de su trabajo compartir un tema de tan opuesta trascendencia a su vida?

¿Saben qué? Tienen razón. Durante mucho tiempo viví violencia en mi familia y terminé por considerarlo como algo normal. Como algo de todos los días. Yo diría que al llegar a mi matrimonio ya lo esperaba. Sé que tal vez muchas personas saben más de lo que yo sé sobre el tema. Pero, por fortuna o por desgracia, yo tengo la teoría y la práctica.

Más que una mujer, me declaro una guerrera. Una guerrera en combate. Una guerrera que no se entrega al dolor ni al miedo. Una guerrera que es responsable de sus actos. Estoy sola y deseando, como tú, asumir el control de mi vida. Encontrando el amor y la solución a mis problemas. Asumir el control de un reino enloquecido dentro de mí.

Les voy a hablar de mi guerra interior. Quiero recordarles que tenemos al peor enemigo tan cerca que fácilmente nos pone un gran número de obstáculos. Y ese enemigo no es nuestra pareja, no son nuestros padres, nuestros hijos o jefes: somos cada uno de nosotros, cada una de nosotras.

Me daba tanto miedo enfrentar mi propia vida que me volví invisible desde muy niña. Comencé cediendo el control a mis padres, pedía muy poco y moría por complacerlos.

Día a día, por las calles me cruzaba con muchas mujeres como yo, dormidas, perdidas, con expresión de miedo, con nulas expectativas sobre su vida.

Hasta ahora no sabía que era poderosa. Pero aprendí a elegir por mí misma. A dejar mi escondite. A arriesgarme, a defender mis sueños, a eliminar barreras. A romper normas y estereotipos. A liberarme sin sujetarme a reglas. Me limité a ser yo misma.

Me atreví a platicar con Dios y descubrí que es un ser solitario, como tú y como yo.

La clave de todo este aprendizaje, amigos míos, es el deseo. Es replantearte la realidad y convertirte en el ser más poderoso de tu vida.

Las mujeres, señores, somos el sexo más valiente. Nuestro mayor temor es que somos inmensamente poderosas. Nos asusta mucho, no nuestra oscuridad sino nuestra luz.

Nos empequeñecemos creyendo que eso es amor. Para que nuestra pareja se sienta feliz a nuestro lado. Pero cuando dejas de brillar con tu propia luz, mujer, te pierdes. Y eso no termina contigo, no, lo heredas a tus hijas. "¡Mírenme como me he sacrificado!" Es absurdo expresarnos así.

Tenemos una misión, queridas mujeres: cumplir nuestro sueño a pesar de la desaprobación de los demás.

Conózcanse a sí mismas y conozcan a su enemigo más poderoso. Descubran su estrategia y pónganla en práctica, ya que algunas veces conspiramos en contra de nuestros intereses.

Las mujeres somos capaces de destruir nuestros triunfos porque nos sentimos culpables de ganar.

Siento la solidaridad con mi destino y quiero ahora compartirlo contigo, mujer valiente. Me siento parte de todo lo que ahora existe. Nada escapa a mi poder personal. Sólo que a veces permito que se interponga a la capacidad de conseguir lo que tanto quiero. Tengo la tendencia natural a negarme a mí misma.

Por tu parte, no rechaces lo bueno ni lo malo de tu vida. Ya Gandhi lo decía:

Primero te pasas por alto,
después te ridiculizas,
luego luchas contra ti
y, finalmente, eres tú quien gana.

Mujer, amplía tu vida y tus límites personales. Di aquello que quieres en lugar de manifestar tu dolor a través de tus palabras negando cobardemente tus necesidades. Toma en cuenta que nada importante obtendrás si no corres riesgos.

No permitas que te hagan daño. Aprende de la historia, de tu vida. Nuestro éxito no depende de luchar contra los hombres. Ellos no son nuestros enemigos.

Hazte responsable de tu vida. Busca las cosas que te importan, deséalas, créalas, trata de conseguirlas. Pero no te conviertas en tu esclava. Has de saber que no controlas nada más allá de tu vida. Experimenta una paz inquieta. Y pregúntate cada vez que estés a punto de rendirte… ¿cuándo brilla más una vela?

La respuesta es siempre… en medio de la oscuridad.

Sé amable con tu persona. Aprende a sentirte bien contigo antes que con los demás; luego comprobarás que el universo está dentro de ti y entonces podrás recibir todo aquello que pidas.

Cuando seas feliz podrás tenerlo todo y lo mejor es que… no necesitarás nada.

¡Muchas gracias!

El público aplaudía de pie. Poco a poco salía de mi trance. Me había vaciado en mis palabras. Lloraba de amor, de felicidad, de entrega.

Al salir, don Jorge, mi jefe, me esperaba:

—Estela, estás despedida. No te necesito más en la escuela como coordinadora. Ahora quiero que lleves tu mensaje a otras mujeres. Te quiero como conferencista de mi empresa.

Yo seré tu promotor, tengo grandes planes para ti. ¿Qué te parece?

—Quiero ser mi propio jefe, señor. Renuncio.

> *¡Es verdad! ¡Quiero volar sola, ayudarme y ayudar! Qué decisión tan importante en mi vida…*

Me miró sin sorprenderse.

—Llegó el momento de que seas tu propio jefe, Estela.

—Así es, señor. Pasaré a firmar mi renuncia en cuanto me den de alta en el hospital.

—Está bien. ¡Felicidades, mujer!

—Señor —tomé su mano siempre fría en un alma cálida—, gracias… simplemente, gracias.

Dinámica personal

Plantéate la siguiente pregunta:

* ¿Cuándo llega el momento de volar de forma independiente?

Reflexiona en lo siguiente:

¿Te gustaría ser la dueña de tu tiempo y espacio de vida? No depender de nada ni de nadie. Elegir siempre tú. ¿Es el momento de ser tu propio de jefe de vida?

A cada persona le llega el momento de convertirse en su prioridad, de pensar en la calidad de su vida. Tú ¿estás donde quieres estar? ¿Haciendo lo que quieres hacer? ¿Viviendo con quien quieres vivir? Para mí esa es la señal de que eres jefe de tu propia vida.

Concluye:

¿Cuáles son tus conclusiones?

_____

_____

_____

¿Qué aprendes de esta dinámica?

_____

_____

_____

Capítulo 17

¿Conoces a tu enemigo?

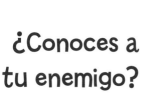

*El que conoce a su enemigo y se conoce a sí mismo
no estará en peligro en cientos de confrontaciones.
El que no conoce al enemigo pero se conoce a sí mismo
algunas veces saldrá victorioso, otras será derrotado.
Aquel que no conoce a su enemigo ni a sí mismo
será inevitablemente derrotado en cada enfrentamiento.*

Sun Tzu

La verdad te hace libre

Las únicas verdades que fueron transformando mi vida fueron las descubiertas en mi propia experiencia.

Regresé al hospital, donde seguí con mi proceso de recuperación. Hasta ahora no he descubierto de dónde salió esa anciana que me acompañó durante unas horas y tocó mi vida de tal forma que me regaló la fuerza que tuve en la conferencia. En lo profundo de mí tenía la esperanza de volver a verla muy pronto.

—¿Conoces la historia de las perlas? —pregunté a Cecilia, quien todas las tardes me visitaba durante una hora—. Comienza con algo irritante, quizás un grano de arena en el centro de la ostra. Luego ésta lo cubre lentamente con capas protectoras que más tarde forman una perla. De adentro hacia afuera. Mis heridas se curan de la misma manera. De adentro hacia afuera. La vida no nos llega desde afuera, aunque así solemos verla. ¿Cuántas mujeres pensamos que el dolor que sentimos viene de algún hombre? Por eso juramos que no dejaremos que nos lastimen más. ¡Qué absurdo!

Ambas reímos y luego mi amiga me preguntó:

—¿Y nosotras qué, Estela? ¿Qué significa en nuestra vida esta nueva visión de la mujer?

—Ya no estamos en esa búsqueda desesperada de la aprobación de un hombre —de pronto, recordé algo—. Cecilia, nunca me has hablado de ti. De tu historia personal. Me has acercado a muchas mujeres lastimadas por sus compañeros, pero no has cumplido tu promesa de contarme tu historia.

—No se necesita mucho esfuerzo para ver que he sufrido mucho. Me he disfrazado con máscaras para dar otra imagen: "Mira a Ceci, ella está muy bien, nunca se enoja ni tiene problemas". Pero cuando Ceci llega a casa, se entierra bajo sus libros para que nadie la reconozca. En mi batalla no hay ganadores ni perdedores.

En las siguientes horas escuché la historia de la maestra Cecilia y, como quedé pasmada ante tantas agonías, olvidé el dolor y el cansancio. Cerca de la medianoche llegó la enfermera a apagar la luz. Le pedí que continuara. Lo hizo mecánicamente y pensé "eso es parte del caminar de la vida".

Cecilia jamás se había casado. Hoy era una mujer muy atractiva de alrededor de cincuenta años. Pero lucía mucho más joven. Su rostro aniñado estaba coronado con una melena suave. Su ropa sencilla y sin gota de maquillaje.

Venía de una familia violenta. Su padre golpeaba a su madre todos los días y noches también. Un día, su madre, desesperada, sacó de la casa a Cecilia, entonces de ocho años de edad, y a sus hermanos, de siete y seis años, respectivamente. Salieron huyendo de madrugada del pueblo en que vivían. Después de vivir en una residencia de lujo junto a su violento padre, el mejor médico del pueblo, los llevó a una vecindad.

La vida de Cecilia cambió notoriamente y a veces sentía rabia contra su madre, quien se había vuelto muy callada. Era Cecilia quien cuidaba de sus hermanos todos los días y ahora, al formar parte de una ciudad, los tres se acompañaban a la escuela, pues su madre salía desde muy temprano y regresaba cerca de las seis de la tarde.

La niña lloraba encerrada en su cuarto, pensando que, después de todo, era mejor ver golpeada a su madre que soportar la pobreza en que vivían.

Una terrible tarde, de regreso de la escuela, Cecilia descubrió en medio de un tumulto a su hermano muerto bajo las llantas de un camión urbano. Su madre no derramó una sola lágrima. Cecilia se sintió culpable de esa muerte. Pasaron los años y gracias al trabajo de su madre sacaron sus carreras adelante. Nunca entendió por qué su madre no los volvió a llevar con sus abuelos ni su padre los buscó.

Cuando tendría treinta años, una mujer llegó a casa preguntando por su madre. Le contó que el padre de Cecilia estaba muriendo, que tenían que ir a verlo. Cecilia no le dio la noticia. Pensó que su madre no la merecía, pues nunca hizo nada por volver a verlo. Se fue con la mujer y encontró a su padre agonizante sobre un viejo colchón de la hermosa mansión. Era un hombre obeso y deforme, nada de lo que ella recordaba. Sus últimas palabras fueron "Perdóname, hija. Perdónenme todos".

Nadie asistió al funeral y la mujer que lo cuidaba se encargó de avisarle que ella era la nueva dueña de la fortuna de su padre y que mejor se fuera. ¿Cómo pudo su madre ser tan soberbia?, pensaba Cecilia.

Justo cuando mi amiga decidió regresar a su casa, se le acercó una mujer del pueblo y le dijo "¡Basta! Que me perdone Dios por decirte la verdad". Le narró cosas escalofriantes. Que su padre era un hombre de cuarenta años cuando se casó con su madre, de doce. Que sus abuelos prácticamente vendieron a su hija al famoso médico, que siempre la golpeó y violó. Que los golpes que ella recordaba eran pocos comparados con las atrocidades que su madre vivía dentro de la alcoba. Que cuando su madre pidió ayuda ya tenía tres hijos y nadie la escuchó.

La noche en que su madre no pudo más fue cuando entró a la habitación de sus hermanos y encontró al doctorcito violando al menor. Fue entonces que tomó a sus tres hijos y, como pudo, huyó a la ciudad sin la bendición de sus padres.

La buena Cecilia se dio cuenta de lo injusta que había sido con su madre. Desde ese día ya no fueron enemigas, pero nunca más hablaron del asunto.

Esa era la historia que impedía que Ceci confiara en los hombres. Por eso buscaba a mujeres maltratadas para ayudarlas sin juzgar, como no pudo hacerlo con su madre durante años.

Al terminar de hablar, nos abrazamos y comprendí su entrega a su misión de vida y su profundo dolor. Recordé cuantas veces yo había juzgado a mis padres y los había nombrado culpables de sus errores. Pero en verdad sólo eran responsables, no culpables.

Cómo ponerle fin a cada dolor

Esa noche no dormí. Pasé el tiempo solamente, cuidando el sueño de Cecilia que descansaba en una silla.

> *"Eres lo que guardas en tu mente."* Son las ideas las que te hacen libre o esclavo. Tu forma de pensar te quita o te da fuerza, no cabe duda.

Apenas amaneció, Cecilia regresó a su nuevo puesto en la escuela. El mismo que yo tenía antes de mi renuncia. No podrían haber elegido mejor.

Ya llevaba tres meses en recuperación y casi me sentía parte del hospital.

Un día, en su visita de rutina, el doctor Gilberto me dijo:

—Estela, llegó el momento. Puedes volver a tu casa. Terminó el proceso, ahora tendrás que adaptarte a tu nueva vida. ¿Hay algo más que pueda hacer por ti?

—Sí… Seguir siendo mi amigo —un fuerte y cálido abrazo cerró el trato—. Será un reto. Quiero volver a caminar. Ya sé que es imposible científicamente. Entonces… quiero volar.

—Estás loca, mujer. Me alegra verte tan feliz. ¿Irás a casa de tus padres?

—Desde luego que no. Regreso a mi casa. Con mi hija. Con mi vida.

—¿Cómo?

—El universo me dará la respuesta.

—¿En qué trabajarás? ¿No crees que fue imprudente renunciar a tu puesto? Don Jorge te ofreció mucho dinero por tu trabajo.

—Don Jorge me enseñó una cosa. ¡Nadie te paga más de lo que vales! Quiero ser mi propio jefe. Viajar, dar conferencias, escribir un libro y ¿por qué no?, tener un programa de radio y televisión. Sólo eso.

—No sé qué decirte.

—Deséame suerte. Cuando nos quejamos, lloramos, nos lamentamos porque tenemos este problema… nada cambia. Mucho tiempo vendí mi alma al diablo. Es decir, renuncié a tener el control de mi vida. No entiendo nada, me libero… algo bueno va a ocurrir. Ya no tengo que demostrar nada. ¡Qué descanso! El brillante filósofo Henri Amiel dijo: "Mi verdadero ser, mi esencia, mi naturaleza, mi yo mismo, permanece inviolable al mundo de los ataques". Ahora espero lo que la verdad está por mostrarme. No voy por el camino fácil de escuchar de los otros y esperar que los demás cuiden de mí. Después de la tormenta viene la calma. Puedo vencer cualquier situación, estoy convencida.

—Si la verdad es tan clara, Estela, ¿por qué no la aceptamos?

—Porque nos hemos acostumbrado a vivir en conflicto. No sabemos estar sin algo por lo cual sufrir.

Nuestra charla se cerró con un pensamiento que de postre quedó en mi mente, producto de tantos libros leídos durante mi recuperación física y espiritual.

*No puedes evitar que las aves
de la tristeza vuelen sobre tu cabeza.
Pero sí puedes impedir que construyan
nidos en tu cabello.*

Proverbio chino

Mi nueva vida

Al llegar a casa, lo primero que hice fue retomar mi diario que, olvidado en un rincón de mi habitación, me esperaba.

> Febrero 14
>
> Querido diario:
>
> He vuelto a casa. Me siento feliz. Con ciertas adaptaciones pues por el momento no puedo caminar. Los doctores dicen que es definitivo. Yo elijo volar. Así como lo escuchas, aprenderé a volar.
>
> No tengo trabajo. Pero tengo un proyecto muy interesante que pienso presentar a alguna estación de radio. Deseo dar conferencias y seguir con la lucha contra la violencia, hay mucho por hacer.
>
> ¡Gracias!

Recordé que había pasado gran parte de mi tiempo en un estado permanente de complacencia. Tendría que empezar por complacerme a mí.

Quedé mucho tiempo atrapada en la búsqueda de la aprobación que para mí era una forma de amar. Recreaba constantemente a esa niña buena esperando ser aceptada. Tenía mucho miedo de ser yo.

Fue peligroso mirar hacia adentro y descubrir que sacrificaba a mi yo. Escondía mis emociones. Exhausta, seguía con el trabajo, comía de más o de menos, evitaba la soledad y la toma de decisiones, sentía que era la roca en la que descansaban todos.

> *De esto ya no quiero más. Prefiero quedarme sola a existir en la esclavitud constante de complacer a los demás. Complacer no me funcionó y le otorgué el control a los otros.*

Superarme requirió revisar mis relaciones y afrontar que debía aprender a vivir y amar libremente desde mi fuerza interna.

Complacer me hizo sumamente vulnerable. Evaporó mi seguridad y me volví blanco fácil del abuso y abandono.

Al ser una mujer complaciente, sólo atraje hombres controladores. Me sentía segura al ver su seguridad. Emitían señales claras de adónde querían llevar la relación. Detectaban mi miedo al rechazo y ejercían el control.

Todo lo vivido con mi ex marido era parte de un aprendizaje. Ahora estaba claro. Cuando había problemas en la relación, yo era la culpable.

Llegaba tarde, criticaba mis actividades, me celaba, me seguía para vigilarme, me quería cerca siempre, desvalorizaba mis logros, hacía que sintiera pena por él, siempre le encontraba defectos a mis amistades o personas próximas. Como la típica mujer complaciente, yo deseaba mantener la paz a cualquier precio y accedía a todo lo que los demás proponían.

Venía de un hogar en el que había muchas peleas entre mis padres y una estricta disciplina. Para sobrevivir, aprendí a ser su consentida.

Sabía que para recuperarme ya no podía tolerar la conducta controladora o represora. Tenía que detener el dolor. Quería perder el miedo a verme a mí misma.

Estaba convencida de que "alguien que no sabe honrarse a sí misma, alguien que se define por la aprobación de los demás, no puede ser feliz".

Dinámica personal

Plantéate la siguiente pregunta:

* ¿Cómo actuar para lograr la felicidad?

Reflexiona en lo siguiente:

Aprende a vivir con el proceso de acción, negación, ira, depresión, culpa, aceptación. Todo es posible. Yo creo que el gran mensaje es que se puede ser feliz si esa es tu prioridad y se convierte en tu estado natural de vida. Los demás no pueden hacerte feliz. Es importante que aprendas a ser feliz cuando las personas vienen o se van. La felicidad está en cada uno de nosotros, nunca en los demás.

Concluye:

¿Cuáles son tus conclusiones?

_____

_____

_____

¿Qué aprendes de esta dinámica?

_____

_____

_____

Capítulo 18

Conociendo mi yo repudiado

"La conciencia de mi dignidad, mi valor y mi autoestima es lo más importante que poseo. Cuando mi sentido de dignidad está fortalecido no acepto que me sitúen en un nivel de inferioridad, ni que me maltraten o abusen de mí. Sólo acepto el maltrato y dominio cuando creo que no valgo nada o que soy indigna."

Louise L. Hay

Regresé a casa con mi silla de ruedas. Habría que adaptar muchas cosas. Tendría que encontrar un nuevo rumbo para mi destino.

La pasión que había despertado en mi vida estar frente a un auditorio y hablar ante miles de personas me había robado el alma.

Por fortuna, tenía una liquidación laboral bastante generosa que me permitía tomarme un poco más de tiempo para ordenar mi nueva forma de vivir.

Se adaptó a mis necesidades una habitación en la planta baja. Y di comienzo a esta nueva aventura, empezando por muchos cuestionamientos.

¿Cuál sería mi trabajo ideal?

¿Mi condición física me ha hecho perder confianza en mí misma?

¿Qué me gustaría hacer?

¿Qué me hace infeliz?

¿Qué me hace feliz?

¿Qué es lo que he aprendido de lo que he vivido hasta ahora?

Escribí una lista de las cosas que más me gustaba hacer. Descubrí con qué tipo de gente me sentía más a gusto. Redescubrí qué me motivaba más.

A todos nos mueven diferentes cosas

Después de ver qué me alegra y me motiva, ni tarda ni perezosa comencé a hacer un plan para ser feliz.

El primer paso era clarificar mis objetivos en la vida.

Ese día parecía comenzar de un modo increíble. Me encontraba de nuevo en mi casa. Frente a mi escritorio. Buscando cómo ser feliz a mis 41 años. Debo confesar que una vocecita latosa me recordaba "¡Por Dios, estás en una silla de ruedas!"

> *Pero estoy viva, ¡estoy viva!, más viva que nunca. Y voy a aprender a volar.*

Al abrir uno de mis libros de inmediato vi una frase subrayada por mí:

"Se puede tener los medios con qué vivir y, sin embargo, carecer de una razón por la cual vivir."

Víctor Frankl

Comprendí que la felicidad venía de cómo me sentía conmigo misma. De desear ser y de trabajar en mi ser.

Revisando mis correos me llegó una invitación a un curso de logoterapia en la Ciudad de México, la cual contesté apartando un lugar.

Al llegar mi hija de la universidad le comenté mi decisión.

—Mamá ¿estás loca? —me contestó—, perdóname pero tengo que recordarte que eres una inválida.

—Creo que no es necesario —respondí con un poco de humor.

—Tienes razón, mamá, pero ¿cómo le vas a hacer?

—¡Como lo hacen los demás! Yo me encargo de todo. De alguna manera sabré moverme en México.

No habían pasado dos horas después de esa conversación cuando se presentó mi madre de visita.

—Estela, ya sé lo del viajecito. Lo hablé con tu padre y está decidido. Iré contigo.

—Mamá —parecía que no me escuchaban—. Iré sola.

—Estela, estás inválida.

—Gracias por recordármelo. Salgo este sábado. Yo coordinaré un taxi y lo que necesite, mamá. Por favor, no hablemos más del tema —insistí.

Tuve cuatro días para trabajar en mi traslado. Realmente lo estaba disfrutando. Un día antes llegó a despedirme mi amigo y terapeuta Michel, quien reforzó un poco más el proceso.

—Me da tanto gusto verte tan fuerte —parecía realmente emocionado—. ¿Qué sigue en tu vida?

—Por ahora, nutrirme un poco más, Michel.

—¿Y tus prioridades?

—Mi felicidad, mi paz interior, mi hija, mi trabajo, mis objetivos personales.

—Como decía Pablo Neruda, "Tú eres resultado de ti mismo".

—¿Sabes, Michel? Tengo una amiga que he dejado de ver porque su hija se ha convertido en su verdugo. Con tal de que no se enoje, hace lo que ella quiere. Su hija no conoce la tolerancia a la frustración y ella no sabe decir no. No quiero vivir algo similar.

—Es muy importante estar preparados para fijar límites. Perder el miedo y saber que merecemos lo que no nos atrevemos a pedir.

—Creo que mi primer paso para poner límites fue después de tener un contacto cercano y amoroso conmigo misma. Michel… por primera vez soy feliz. Pero no quiero que se repita mi historia. ¿Qué me sugieres que haga?

—Escúchate, tolera la frustración y, sobre todo, vive tu duelo, Estela.

—¿Mi duelo?

—Has vivido muchas cosas. Cierra ciclos. Identifica las piezas del rompecabezas de lo que has experimentado. Agradece lo vivido y asume tu responsabilidad. Esa es tu tarea de esta sesión, mujer. Volveré en quince días. Para entonces ya habrás regresado de tu curso.

Nos despedimos con un abrazo. Realmente, mi maestro y psicólogo era un gran guía en mi vida.

¡Eran tantas personas increíbles! Como aquella anciana del hospital, a quien por cierto no volví a encontrar.

Cerrando ciclos

Eran las cinco de la mañana y ya estaba en el aeropuerto de la ciudad. Atento, el taxista esperó hasta que me trasladaran en mi silla a la sala de abordaje. Por supuesto, me acompañaba un libro en la fría espera. "Gratitud es la forma en que elegimos ver lo que nos sucede en la vida." Nosotros elegimos verlo como "todo me sale mal" o como un mensaje para aprender lecciones. La vida nos pone señales en todos lados. En definitiva, se trata de saber soltar, de dejar de controlar, dejar que una mente sabia actúe en favor de mi vida.

Lista para el viaje

El 4 D era mi asiento junto a la ventanilla. Me sentía feliz en mi aventura. El personal de la línea área me trató con mucho amor.

> *"Tienes lo que te mereces, Estela. Finalmente te estás atreviendo a tomar las riendas de tu vida."*

Decidí dormir un poco en el viaje, pero el hombre de al lado comenzó a platicar.

—Se ve feliz. ¿Va a una fiesta?

—No —respondí amablemente—, voy a un curso de logoterapia.

—No tengo idea de qué es eso. Pero se ve usted muy feliz. Ojalá me sintiera igual.

—¿Qué lo impide?

—Mi madre.

—¿Tu madre? —pregunté sorprendida, pues se trataba de un hombre de unos cincuenta años.

—Mi madre que se ha mudado a mi casa.

—¿Desde hace cuánto tiempo?

—Seis meses. Verás, soy viudo desde hace diez años. Vivía muy feliz mi nueva soltería. Hasta que decidí decirle a mi madre que vivía a tres horas de mi ciudad que no tenía que estar tan sola. Desde entonces vino por unas vacaciones y no se ha querido ir.

—¿Por qué no se lo dices?

—¡Imposible! No tengo corazón.

—Algunas veces es necesario poner límites a los padres —al decirlo me estremecí.

—¿Límites a mi madre? —soltó la carcajada.

—Sería bueno escribir un libro al respecto, ¿no crees?

—Cómo… ¿Eres escritora?

—Acabo de decidirlo. Por cierto ¿cómo te llamas?

—Alberto Carmona. Por favor, avísame cuando salga tu libro —me entregó una tarjeta de presentación con sus datos.

Nuestra charla fue amena. Fue él quien me acompañó a tomar mi próximo taxi hasta el hotel donde sería mi curso.

Nunca pensé que sería tan fácil decidir a qué me dedicaría el resto de mi vida: a escribir y dar conferencias. No sé, con un poco de suerte podría conducir un programa de radio. Después de todo, "Se vale soñar".

Dinámica personal

Plantéate la siguiente pregunta:

* ¿Por qué no nos damos la oportunidad de soñar e ir en pos de esos sueños?

Reflexiona en lo siguiente:

Se vale soñar. Y esos sueños se hacen realidad cuando rompemos las ataduras. Así nace la apertura mental y la libertad absoluta para nuestra mente. En este momento mi laboratorio mental está construyendo un sueño.

Concluye:

¿Cuáles son tus conclusiones?

_____

_____

_____

¿Qué aprendes de esta dinámica?

_____

_____

_____

¿Éste es el final o el principio?

Lo que sucedió con Estela depende de ti y de mí. De lo que escribamos en nuestra historia. Nada bueno o malo puede pasar si nuestra mente creadora no lo permite.

Yo quiero imaginar que Estela llegó a vivir ochenta años y se dedicó a impartir conferencias por el mundo y a escribir muchas obras de superación personal.

Quiero pensar que sí supo quién era la anciana que la impulsó con tanta sabiduría. Y lo supo una tarde al mirarse al espejo el día de su cumpleaños setenta y nueve. Era ella misma. ¡Todo es posible!

Quiero imaginar que siguió su relación intensa con su padre-madre Dios.

Que encontró un verdadero y profundo amor por sí misma.

Que murió después de terminar una conferencia magistral a sus ochenta años.

Que se recostó a descansar mientras pedía unas enchiladas de mole poblano y la persona que más amaba tomó suavemente su mano antes de morir.

¿Conoció una nueva pareja?

¿Volvió a caminar?

En verdad ¡eso no tiene la menor importancia!

¿No crees?

Esta obra se terminó de imprimir
en noviembre de 2014, en los Talleres de

IREMA, S.A. de C.V.
Oculistas No. 43, Col. Sifón
09400, Iztapalapa, D.F.